有福之州 江海福韵

福文化征文优秀作品选

福州市文学艺术界联合会
福州日报社
台江区文学艺术界联合会
仓山区文学艺术界联合会 编

海峡出版发行集团 | 海峡文艺出版社

编委会

策划：陈　昱　陈滨峰
主编：林朝晖　卓良辉　叶发永　林　曦
编委：蒋丽文　刘　颖　刘玉纯　杨绪光
设计：季珊珊　武维琦

序

接到写序邀请,正值白露节气,加上台风的接连到访,暑气渐消。秋高气爽,是百果飘香的丰收季节。这不,刚说"恭敬不如从命",《有福之州·江海福韵》征文的累累硕果,就由编辑送到了眼前。

这次征文活动是福州市文联、福州日报社、台江区文联、仓山区文联联袂推出的。因为活动主旨是"讲好福州福文化故事",所以很快得到社会各界的广泛关注和支持。征文启事一见报,响应者众多,1200多篇征文稿件"如雪片般飞来"。编辑目不暇接更喜出望外,不断选择优秀的作品在福州晚报副刊上发表,连连整版推出,却每每感到版面不够,发不胜发——这就是一种福气啊。

编辑眼花缭乱的幸福,是基于那么多作者被"福"事"搔到痒处"了。在有福之州说有福,就福文化来讲故事,这本身就是幸福的事,就有福。有福说福,说福是福,知福享福,分享也是福。

都说福州是有福的。但什么是福?见仁见智。而今读着这些优秀应征作品,会有许多感动和感悟。作者从各自的角度,以各自的风格去诠释"福"。于是,福就如春天的百花盛开,姹紫嫣红——

《闽江上凝固的诗篇》从历史走来:"作为福州地标性的景观,解放大桥不仅是地理意义上的桥梁,更是时间的桥梁,连接着这个城市的历史与现在,过去与未来。"而同样是说这座万寿桥,《画意诗情闽江心》则树起一座功德碑:知府王祖道,为官福州两任,造福一方。在南台江上造浮桥后,又发誓"要造一座大桥,以利行旅"。也是在这万寿桥的南岸,《浙商"安澜"》的作者把思维的触角探到商界,跨省的商界,把"安澜会馆打造成闽浙商业文化交流平台",在"有福同享"的层面,扩大福州"福"的视域。"鼓岭记录着一个特殊时代,又把最纯粹而美好的东西,珍藏至今"(《鼓岭的思念》),更是把福文化分享在古今中外的时空。

说福州有福,可以有一百个标准,一千个理由,一万个事例……恰如《绣凤凰》说的"双喜临门、百鸟朝凤,草木葳蕤。/一个福字,有一百种长势和种法"。管中窥豹,看看各支妙笔下的福文化:《阳岐散记》说,"受到三水合流、海陆交汇、八方商贾聚集的影响","阳岐物产丰美"。笔锋一转,"陈文龙的爱国气节,对严复成为以思想推动中国救亡图存的翻译家、教育家,有着重要影响。"又如《母亲的民谣》,把人生初始享受母爱的幸福,上升到传承中华优秀传统文化的幸福,想起儿时读过的那首民谣,"印证了和谐、有序的婚嫁习俗,当真蕴含着古代劳动人民朴素的生活哲理。"而《福满校园》的"当年,沿着落满梅花的梅坞/来到校园/记忆,从此/带着花香",倾诉对母校的感恩,寸草春晖。

到处感受到福,却都难以说透福。得福于心,化意为文。诉之笔端,洋洋洒洒。有作者自问自答:"福在哪里?""福在悠悠的岁月中/……福在我们呼吸的天地间"(《福在仓山》)。有人看到"如今的闽江公园有了一片橘子林"(《闽江橘子红》),让人不由得想起福州的市果。当然还有市花"烈日下的茉莉花,却有寒风中的梅花的风骨"(《清香福城》)。作者借此来赞美福州人民的品格。诗歌《一盏茶香》吟出"满室氤氲碧水闽山的芬芳"。《美哉福园》述说,从国外来的亲戚,"感叹,福州的公园太美了,福州人,真是身在福中啊!"作为移民城市,不论什么时候来到福州城里,"日日喝着福州闽江里的水,早就是福州人了"(《煮一壶闽江水》)。若流连在山村,"乡间一座座庄寨都是幸福写意/美好的水与空气装着满满自豪"(《一生永泰》),"吉祥福气的名字/荡漾在大樟溪的远山近水"(《春光里》)。

感福入心,传福在笔。有幸品读这些优秀作品,正如《世说新语》形容的"从山阴道上行,山川自相应发,使人应接不暇"。"海浪是奔涌的诗,礁岩是凝固的画,一动一静间优美的组合构筑了一幅幅令人赏心悦目的诗画"(《平流尾的阳刚气质》)。"江是一片田,可播景之美,可得鱼之鲜。与江为伴,亦是生活之福"(《闽江福韵》)。而造福社会更是福:创立慈善社,指定家属主持管理,资助孤苦无靠、生活困难的人,给产妇发"产粮",给赤贫的人发"冬赈",向孤儿院、医院提供资助;每年福州洪水期间,都免费熬粥周济穷人(《雨落采峰楼》)。"也许,只有经历过苦难的人,才能对平安顺遂的生活充满感恩"(《试说洪塘》)。劳动创造幸福,"那纵横交错的渔排如同田园,或井状、或圆圈、或星星点点,在此,可以真正领略到古人所言的耕海牧渔之蕴(《一路风景一路海》)。《后福"燕"福长》说:"先容忍前面的苦劳,必有后来的幸福。"《福果》作者更鲜明生动告诉我们,"福州海外乡亲,他们说'福果',就是希望记住家乡的味道,就是希望告诉后人不忘创业的艰辛,只要付出就有回报。"

为深入挖掘福州的福文化内涵,表达市民百姓对"身在福中"美好生活的珍惜、向往与追求,作者们各显神通。《有福金汤》呼吁"珍惜金汤、爱护金汤,让珍贵的金汤流淌不息,造福更多的人"。《江滨札记》赞美:"清晨,……有许多街道清洁工人,挥舞着扫把清除道路上的沙尘与落叶。……身穿橙色救生衣的工人,手里举着长长的网兜,不停地打捞着江面上的漂浮杂物。……这是江滨最优美的晨景!"有歌咏爱国爱乡是感恩的福报,体现在"芹草人致富不忘桑梓"的乡愁(《漈上芹草丰》),也有倾诉"谁言异乡只是故土的背影/他乡也是心头肉呀"(《闽江,流过我的童年》)。"在福州/每个人都是点燃绿色的灯盏/都是城市森林里的一片绿叶"(《福州,绿色之城》)。

福韵悠长。福州福文化博大精深,雅俗共赏,具有丰富的内涵,渗透于大众生活的方方面面。本次征文活动由福州市作协、福州晚报承办。主流媒体搭的平台自有流量,自带高光,自带朋友圈。展示的作品满满洋溢"虾油的腥咸的香味,那是一种古老而熟悉的味道,是属于福州的DNA"(《福州:第二口美味》)。主办方从千百篇应征作品中精选66篇优秀征文,结集出版,恰是一场福文化的盛宴。

这次成功的征文活动,是本市一次丰富多彩的福文化巡礼。可以带动更多的人参加知福、传福、添福;可以引导"福文化"创作题材的拓展,去往更广泛的领域。希望的空间在下次的征文活动。

是为序。

林山
时届癸卯仲秋

目录

福涌江海

002	画意诗情闽江心	叶发永
010	闽江橘子红	孟丰敏
014	闽江福韵	远野
017	闽江,流过我的童年	苏静
019	亲水福州	郭成建
020	一路风景一路海	吴安钦
026	海岸线(外二首)	东楠君
029	涟漪上的渔村(外一首)	黄鹤权
032	一水横流洞江福	林小龙
035	平流尾的阳刚气质	周琦
038	煮一壶闽江水	罗锦生
041	南台岛拾零	林雨馨
044	今夜,在奇达港湾	陈义明

福满榕城

047	有福金汤	林山
050	母亲的民谣	卢琪峰
053	徼福溯源	卢美松
057	三坊七巷	郑秀杰
058	福州,绿色之城(外一首)	黄延滔
060	清香福城	罗锦生
063	福州:第二口美味	陈文波
069	在三福绿道上(组章)	蔡立敏
074	西湖边的猜想	陈进
078	福果	林舒
080	烟台山芳华	何金兴
083	美哉!千园之城	园珍
085	后福"燕"福长	刘长锋
087	醉在福州	杨中增
088	绣凤凰(外二首)	阮宪铣

福游山水

- 092 山中，那一片湖水 朱谷忠
- 095 雪峰福路 吴晟
- 100 道桥村，抵达诗和远方 叶红
- 103 鼓岭的思念 王春燕
- 109 春光里 刘志峰
- 110 十八重溪 林霖
- 112 溽上芹草丰 邵永裕
- 116 利桥寻福 刘辉
- 120 福清灵石山（外一首） 俞云杰
- 122 "福"在周店村 林英
- 125 竹岐船厝的春天 刘凤翔
- 126 身在"福"中 林巧玲
- 128 一生永泰 郭永仙
- 130 古厝·乡愁 阮鲁闽

福聚台江

- 132 走读河口 赵玉明
- 137 雨落采峰楼 黄河清
- 141 有福之州有福石 青色
- 146 回到南公园 张茜
- 150 福街寻福 周而兴
- 152 一盏茶香 练健
- 154 酸碱两翼 福泽千秋 林敏
- 159 福聚"聚宝盆" 少木森
- 164 台江码头的变迁 江枝铃
- 168 江滨札记 亦舟

172	闽江上凝固的诗篇	曾建梅
177	一方福地是南台	黄玉钦
179	烟台山的蓝花楹	林曦
181	在螺洲古镇（外一首）	王建干
183	浙商"安澜"	姚俊忠
186	福在仓山	林丽娜
187	洪塘漫步	赖华
192	阳岐散记	魏冶
195	闽都女神陈靖姑	林丽钦
199	烟台山的悠闲时光	王惠钦
202	泰山宫感怀	谢新苗
204	"福"慰乡愁	苏晨
208	福满校园	唐辉

福涌江海

画意诗情闽江心

叶发永

"闽江艰险岭崔嵬,不惮冲寒冒雪来。"闽江,这条福建的母亲河,发源于闽赣交界的武夷山脉,海拔1016.9米。闽江上中游,河谷狭窄,溪流密布,滩多水急,沿岸大多为高山峡谷,闽江几乎是一口气跑到了下游。到了淮安半岛,河岸开阔,视线豁然开朗,面对两个汊口,闽江在这里有一个短暂的汇聚与停留,然后做了一个选择:一半向南,水势浩大,继续快速行走;一半向北,放慢流速进入市区,用心用情,移步易景,孕育出一颗璀璨的明珠——闽江之心。

闽江之心位于闽江福州段中心,包含闽江之心核心区及上下杭历史文化街区、苍霞特色历史文化街区、烟台山历史文化风貌区等联动区,总面积约3平方公里。其核心区西起三县洲大桥,东至闽江大桥,南至仓前路,北至台江路与江滨大道的陆地及水域,包含"一江、两岸、双岛",岸线约4.1公里,面积约1.1平方公里。这段区域为什么会成为闽江之心?不仅仅在于它的区位优势,更在于它有深厚的历史文化积淀。福州建城2200多年,在悠久的历史长河中形成了"三山两塔一条街"的古城格局,这一条街就是福州的历史文化中轴线,这条中轴线与闽江山水廊道恰好在这里相逢。山水给文化赋形,文化给山水注魂,相互呼应,彼此成就,捧出了一颗光彩夺目的明珠。

永远年轻的青年会

一百多年前,在福州,如果有人问哪个地方最时尚前卫?一定有人手指南台的方向。这个在20世纪初,领时代风气之先的场所就是闽江边的福州青年会。

当时的青年会不仅是教授科学知识、传播思想的地方,还是福建众多名流聚首谈论艺术、关心时局之处,陈宝琛、黄乃裳、林纾、严复、萨镇冰、冰心、林徽因等众多福州近现代名人经常出入青年会。

青年会原名"福州市基督教青年会",地处解放大桥桥头,为闽籍爱国侨领黄乃裳筹建,曾是福州近代最早、最大的一座综合大楼和标志性建筑。

青年会开启了福州时尚大门。大楼内设有当时唯一的室内灯光篮、排球两用球场,四周座席可容纳数百名观众。福州第一部无声电影就在这里放映。

著名文学家郁达夫流亡南洋期间,自称"原籍福建"。郁达夫曾三次到福州,在青年会四楼的一间临江房子里住了五六个月,郁达夫的作品中多处提到青年会。他在所著的《闽游滴沥》中这样描述窗外的月夜:"在南台的高楼上住下的第一晚,推窗一看,就看见了那一轮将次圆满的元宵前的皓月,流照在碎银子似的闽江细浪的高头。"闽江在郁达夫笔下则被描绘成"中国的莱茵河"。

2008年,相关单位对大楼进行了修复,建成了一站式消费中心。

2022年,作为两江四岸核心段品质提升改造过程的重头戏,青年广场在青年会西南侧精彩亮相。青年广场被誉为"福州版的外滩广场",是临江亲江的城市景观公园和观江广场。站在广场南侧放眼望去,蓝天白云下,一大片草坡映入眼帘,宽阔浩荡的绿让你以为自己正置身于某个山地草甸;沿着广场一侧通透的玻璃围栏迎风漫步,角度正好,闽江江水一览无余,解放大桥、中洲岛尽收眼底,如果此时恰好华灯初上,你会看见一条七色彩虹横跨闽江两岸,看见一艘彩色画舫正踩波踏浪迎面驶来……

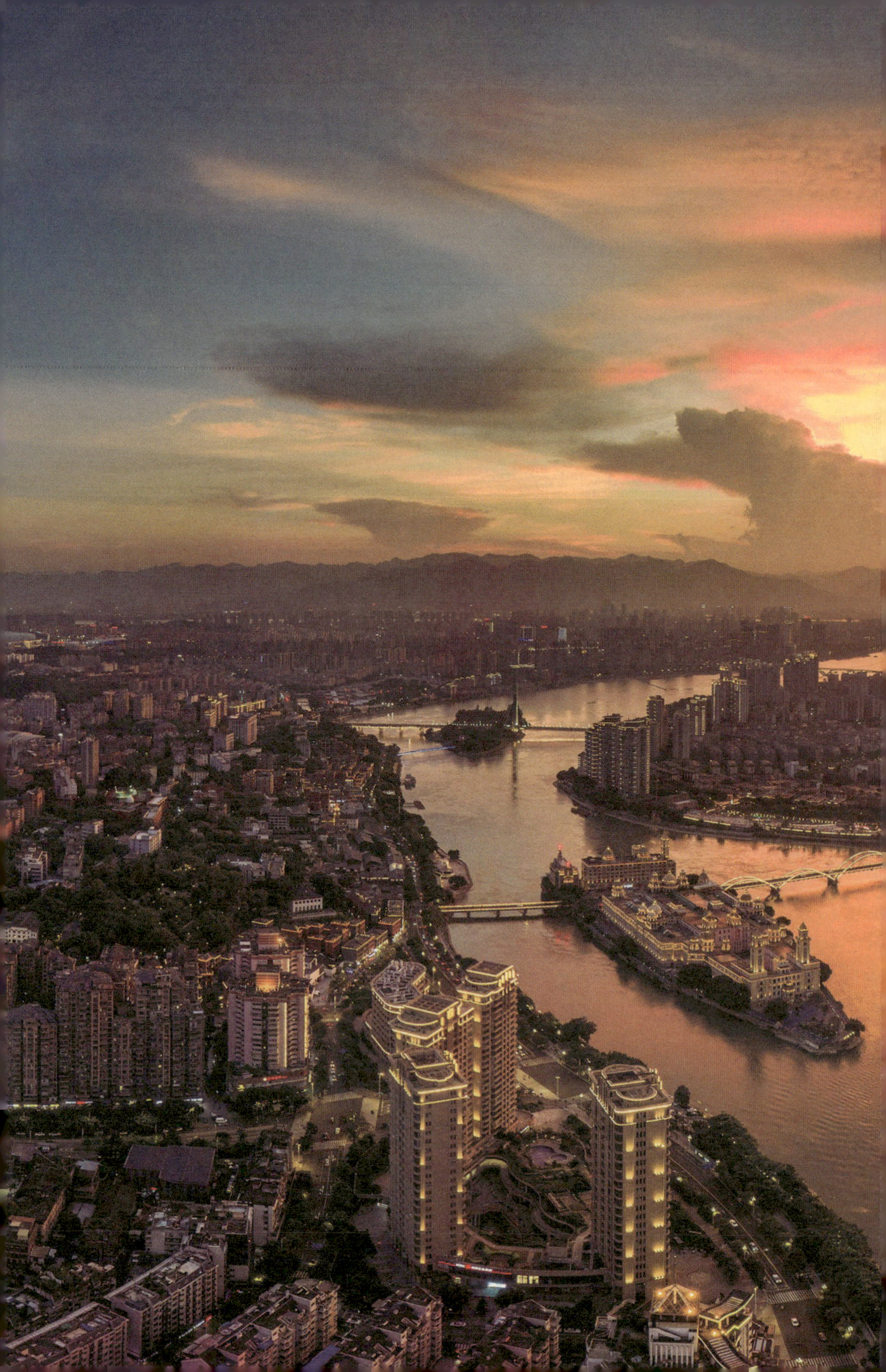

闽江之心。陈暖 摄

长虹卧波闽江畔

闽江上空最古老的记忆是什么？答案只有一个，那就是万寿桥。万寿桥的历史很长，前后跨越近千年。万寿桥的前身是一座浮桥，现在叫解放大桥。

远古时代的台江是一片沼泽。潮来茫茫汪洋，潮退只剩下一片片芦苇、红树林与高耸入云的水杉在风中起伏。后来，随着潮水后退，一片又一片的沼泽地变成沙洲陆地，相继露出水面。大约在宋天圣元年（1023年），初成楞严洲（今中亭街一带）。

宋元祐八年（1093年），王祖道任福州知府。王祖道一上任，即着手在江上造浮桥。他依托楞严洲用120艘木船造南北二桥，船上铺以木板，两边各有栏杆以方便行人通行。这座浮桥就是万寿桥的前身。

元大德四年（1300年），离浮桥不远的万寿寺迎来了一位僧人，俗姓王，名法助，时人称平海头陀。法助12岁出家为僧，奋发钻研佛经内典，一生造桥修路无数，济世利民。当他发现江上浮桥常被溪洪冲断，屡有险情发生，即立下誓愿，要造一座大桥，以利行旅。

建桥工程于元大德七年（1303年）兴建，元至治二年（1322年）完成，前后历时20年。石桥全长170余丈，计造桥墩28座，分29个孔道分流，桥面铺设长石板，两侧建扶栏护翼，桥两端建有小亭，供来往行人憩息。

1949年8月，为追歼国民党部队，解放军某部副营长魏景利和几名战士牺牲在大桥上，1971年为纪念在桥上牺牲的解放军将士，将桥改名为"解放大桥"；1995年因水毁重建，1996年建成。改建后的解放大桥在桥的两侧设置钢管弧形空中吊桥，分担桥身的负荷。这些橘红色的弧形吊桥，像一条靓丽的彩虹，横跨在宽阔的江面上。

每当夜色降临，这座七彩虹桥就在闽江上熠熠闪烁，远远望去，就像有谁手持彩练在空中挥舞。

中分百里江南洲

后至元二年(1336年)的中秋之夜,一轮明月高挂天上,万里长空如洗,碧波之上,万寿桥如一道长虹横贯闽江两岸。时任闽海廉访知事的元代大诗人、御史萨都剌触景生情,诗情勃发,写下《南台月》的著名诗篇:"城南江上逢中秋,城南石梁初截留。长虹一道贯秋色,中分百里江南洲。"这里的江南洲,就是中洲岛。

福州知府王祖道建造浮桥时,尚未有中洲岛。十年后,宋崇宁二年(1103年),楞严洲与仓前山之间,因泥沙淤积出现沙洲,将王祖道建造的浮桥一分为二,故名"中洲"。到了元朝,闽江上的船户自发在中洲岛至仓前路口,将原来的浮桥改建为木桥,名江南桥,后来一度改称仓前桥。

明代,中洲岛设有炮城、炮垒,与设烽火台的藤山(今烟台山)隔江对望,共同守卫福州城。抗倭名将戚继光的部队也曾在中洲岛驻军过。

清代,中洲岛领以千总把守,驻军设有巡防所,称"中洲汛"。康熙二十四年(1685年),清政府在中洲岛上设闽海关福州分口,即俗称的常关,负责管理对外贸易和征收关税。

1840年鸦片战争爆发,1942年清政府战败,签订《南京条约》,福州成为五口通商的口岸之一,外国人进入福州的第一站就是中洲岛。从清晚期到民国相当长的时期,中洲岛汇聚了银行、保险、国际海员俱乐部等众多企业机构,这个小小的七万多平方米的中洲岛,俨然国际范十足。

1971年,为解决闽江上游通航问题,将万寿桥、江南桥的桥面抬高,架设于原桥面之上。两桥抬高后均高于中洲岛地面,在中洲岛上另建旱桥连接,将万寿桥与江南桥连接成一体。中洲岛被分割成东西两部分。

1993年,闽江大水,中洲岛被淹。同年启动全面拆迁,800多户居民全部迁出……

如今，这座曾经享有"南台明珠"美誉的岛屿，又站在了时代的风口，等待又一次涅槃重生，又一次驶向繁华与美丽。

江心公园　浪漫之岛

在解放大桥上游1000多米处的地方，碧波荡漾，远远望去，似乎有一块绿色的翡翠镶嵌其中，那就是江心公园。江心公园原是一块冲积沙洲，北与苍霞洲遥遥相望，南与龙潭角隔江对视。全岛面积4.83公顷，是个岛屿公园。

据《福州府志》记载，明成化二十一年年间，由于江水泥沙不断冲积，逐渐在江中形成了一片沙洲。当时的闽县、侯官、怀安三县居民皆看中了这片沙洲，竞相插竿围地，争斗不休。后经福州府判决，决定沙洲归三县共有，这便是江心公园的前身——三县洲。

江心公园始建于1982年。1995年，中央电视台与市政府在此联合举办元宵晚会，江心公园因此扬名全国。1997年由于三县洲大桥动工，江心公园被作为施工建材堆放地与民工驻地而封闭，荒芜长达18年。2016年，封闭19年的福州江心公园重新开放。

江心公园四面环江，园内绿树成荫，植被茂密，植有榕树、木棉、芒果、荔枝等南方亚热带植物，植物品种近百种。其独特的地理优势、优美的环境、宜人的气候，是福州人心中的避暑胜地和颇为浪漫的"爱情之岛"。

绿水环绕的江心公园，它就像一个世外桃源。乘一叶小舟，穿过悬空的索道，来一次爱的双向奔赴……

一起到江边吹吹风

夜幕低垂，华灯初起，闽江两岸人流如织，热闹非凡。江风迎面吹来，暑意顿消，心情豁然开朗。这时，江水轻轻拍打江岸，涛声隐隐，两岸星光点点，若隐若现，恍若面对梦境。

位于闽江南岸的仓前公园和闽江北岸的滨江休闲广场，都是市民休憩漫步的好去处。仓前公园始建于1988年,为敞开式、开放式带状公园。公园长780米,宽8~16米不等,面积约1万平方米。公园有南洋杉迎春区、葵林桂花区、江涛钟声区、碧水飘香区等。榕树贯穿于公园带,公园以绿为主,别具一格,俨然一座植物园。舫上小酌,听歌声四起;卧在草坪,闻花香散溢,让自己变轻,在空中慢慢漂浮……

台江旅游码头是滨江休闲广场的重要旅游节点。闽江碧水潋滟,景色迷人,犹如一条异彩纷呈的彩虹。中洲岛、青年会、仓山西洋建筑群、海峡金融商务区和闽江北岸商务中心区披红挂彩,如3D动漫沿江依次排开,让你目不暇接、叹为观止。此时迎风把盏,谁知今夕何夕。

选一个时间,爱一下自己,唤醒日渐麻木的情感。到江边走走,到船上看看,重温张学友的那首经典老歌,不觉眼眶湿润:

> 很想和你再去吹吹风,去吹吹风
> 风会带走一切短暂的轻松
> 让我们像从前一样安安静静
> 什么都不必说你总是能懂
> ……

闽江橘子红

● 孟丰敏

福州有市花茉莉、市树榕树、市果福橘。福州古今书籍中都有详细讲述茉莉、榕树的历史和栽种情况,但较少提及福橘。

按照植物百科的说法,福橘是福建产的橘子,中国民间有过年吃福橘的民俗。福橘为我国橘类中上品,呈扁圆形,鲜红美观,皮薄汁多,甜酸适口,久有盛誉。福橘上市期在农历春节前后,由于色泽艳红、果香汁甜,又与"福、吉"谐音,寓纳福招吉、福寿吉祥之意,备受群众喜爱,成为春节活动的重要角色。

20世纪50年代有一部老电影叫《闽江橘子红》。这部电影讲述新中国成立初期,在福州秀丽的闽江边上,有一个产橘子的地方——百花洲。秋后,百花洲到处是一片丰收的情景。一对青年男女在橘农互助组工作中因为养护橘树而相助相爱的故事。百花洲在哪里呢?其实电影拍摄地就在近代名人严复的故乡阳岐村一带的闽江边。城市化进程中,花果之乡的百花洲只剩下了百花洲路。如今,福州闽江公园的北园和南园开辟了近500平方米的橘子林。每当进入果期时,公园还邀请亲子家庭参与橘子采摘体验。

当年福州为何会拍摄橘子呢?福州人种植柑橘早在周朝时。周朝时,福州属扬州管辖。《书·禹贡》记载"厥包橘柚锡贡"。因为扬州要向朝廷进贡橘子,所以福州也开始种橘。唐天宝六年(747年),唐玄宗赐名山为"甘果山"。因为方山(别名五虎山)盛产柑橘,方山的甘果即柑橘。柑橘的果皮即"陈皮",能理气化痰和胃。方山寺曾制作方山露芽,是唐宪宗时期的贡茶。其实方山露芽成为贡茶,因为含有柑橘气味。至今方山寺旧址旁还有一片柑橘园。茶香与果香混合，不仅口感独特而且更有益于治病。传统中医指导人们治未病，在日常生活中十分注意预防和养生。方山露芽的种植和制作如此讲究，竟然不是为了满足口鼻的香味，而是为了养生。

宋《淳熙三山志》记载柑橘，柑类有朱柑、乳柑、黄柑、罗浮柑、镜柑、石柑、沙柑、洞庭柑。橘类有蜜橘、朱橘、乳橘、踏橘、山橘、黄淡子、金橘、绿橘、宜母子。民国文史专家郑丽生说，明朝开始，福州称橘子为"福橘"。

仓山区的阳岐村、百花洲、凤岗里与方山隔江相望，曾是花果之乡，区内多个乡镇盛产柑橘。听老人们说，百年前，从闽侯县白沙镇沿着闽江一直到仓山区洪塘村、建新镇、阳岐村、螺洲镇、盖山、白湖亭，江畔都种满了福橘。每当橘子红时，闽江两岸沿途仿佛挂满了明丽的红灯笼，十分赏心悦目。

闽江边的阡前村也曾是橘园洲的一部分。阡前村背靠飞凤山，面临乌龙江。村小人口少，却是宋代赵氏贵族避难至此后的隐居地。赵氏重礼教，以曾任福州知州的南宋丞相、宋太宗赵光义八世孙的赵汝愚为荣。因此，赵氏人家的柱联上都写着"江南新望族，天子振家声"。高照的正面写"江南赵"，北面写"钦命正一品"。虽是帝王贵胄之后，却也不得不向命运躬身低头，在阡前村里务农。这里有橘林，还有一块茉莉园连着西浦头村望不到头的龙眼树林。当年做传统茉莉花茶的甘甜味就来自这橘子、龙眼、荔枝的冰糖味。与阡前村、西浦头村紧紧相依的是玉兰谷村。每当广植白玉兰树闻名的葛屿村、福州爱花人熟知的建中百花场的上雁村的白玉兰树林里花香四溢时，嘶鸣的蝉声就在橘子林中此起彼伏。西浦头堤坝外是透浦村的柑橘园，柑橘园旁还有一大片茂密的龙眼树林。树林里有一棵百年橄榄树王。溪流、河浦、花果林间的土路将这些村落连成一片神秘的村庄——凤岗三十六宅。闽江堤坝边还有一排壮大的老榕树荫翳着这宛若一块翡翠的江畔村庄。若非本村人，走进凤岗里便会在林间、村子里迷路。

明代学者谢肇淛的诗歌《凤凰冈》："橘园洲上露如霜，江树江烟望渺茫。布谷声声春雨后，荔枝十里凤凰冈。"橘园洲在哪里呢？《福州府志乾隆本》记载,洪塘江在城西,又称西江,其东为橘园洲。《竹间续话》记载:"南港二百零八乡皆产橘,洪江上流又有橘园洲。弥望千树。橘有数种,比常橘大而皮厚者为凤橘;小而味酸者为金橘。酿橘为酒曰橘烧。乡人以橘为福州特产,称为'福橘'。"这两本书的记载说明橘园洲就在今天的金山寺和兰庭西江月小区以东。如今这里还有橘园洲工业园、橘园创意广场,是对这一古地名的纪念。

福州的橘农多,福州诗人也喜欢写橘枝词。最早写橘枝词的是南宋诗人叶适。他创作的《橘枝词》写道:"蜜满房中金作皮,人家短日护疏离。判霜剪露装船去,不唱杨枝唱橘枝。"说明福州脱离扬州管辖后,福州诗人想写自己的《闽中橘枝词》了。清代在福州任职的诗人江湜有《橘·九土贡由夏后氏》:"后来居上福州橘,压倒江陵与洞庭。"说明清朝开始,福州的橘子质量在全国第一。福州诗人写橘枝词也成为独特的文坛景象和盛事。

1963年的冬天,郑丽生专门收录了橘枝词,并介绍橘园洲的具体位置在侯官县西郭外。每当果实成熟时,农民用竹梯倚树采摘果实。他说:"有清以来,吾乡先辈相继作橘枝词。乐操土风,扬其丽藻,且有莳植、采治、贩运以及地理、岁时之异尚,咸有事可征,足以补志乘之遗,备辀轩之采,则橘与橘枝词,又转为闽人所专美矣……"

橘枝词的作者有谢章铤、郭柏荫、郑鹏程、陈寿祺、陈登龙等。

郑鹏程的词中说:"江乡风味荐天家,锡贡扬州比建茶。打鼓开船说供奉,威稜差逊荔支花。"可见当年种在江边的福橘进贡到宋朝皇宫,名气堪比著名的建茶。

橘枝词写得最多的是清朝学者陈寿祺。他有《橘枝词》十二首,收录在《绛跗草堂诗集》中,其中也提及:"上元作桔灯,母以遗女,取吉祥意也。"还有"妾家生小傍江潭,江上逢郎好我甘。愿与郎心无变改,不随烟雨过淮南。今年三月橘花肥,传到鹭门秋较迟。红霞压担送郎去,霜冷问郎归不归"。不仅写出了种橘村姑对江郎的动人爱慕之情,还提到了三月橘花开,秋天把橘子卖到了厦门。其实当年"洪江江水平如油,洪江女儿不解愁。一夜溪船载春去,无端明月梦苏州"。橘园洲盛产柑橘、橄榄,常常也卖到苏州。

福州作家冰心曾写了一篇名作《小橘灯》。文章虽然写的是重庆的橘灯,但福州除夕、元旦,大人会赐用儿女橘子。孩子就会用橘皮作橘灯,成为当地元夕的习俗。刘士菜的《橘枝词》就提道:"怀橘儿童乐事多,中堂赌唱橘红歌。果筐果子都装满,一个当中不少他。后街灯市最喧腾,大吉争将利市称。满店上元三五夜,学他颜色闹华灯。"诗中的"大吉"就是福州橘子的方言。

张际亮的《橘枝词》中抒发的是对橘农生活的同情:"郎行淮北未能归,妾在江南泪满衣。寄与一双合欢橘,到时颜色也应非。烂柯空自笑王朗,谁看弹棋到橘乡。不见汉家旧官府,木奴个个阅沧桑。垂白韦家老大夫,莫劳三百寄姑苏。东南岁岁愁征税,橘户多应累讼租。"

近代福州名儒谢章铤的橘枝词介绍了橘子的药性:"橘皮疏散能去风,橘络缠绵血脉通。但愿檀郎少疾病,年年长对橘灯红。"还有"风橘青青金橘黄。归家叩头献阿奶,阿儿学得陆家郎"。橘的品种丰富,比常橘大而皮厚的是风橘,小而味酸者为金橘。他还戏谑地说:"橘官无税可无忧,橘叟弹棋更自由。饮罢橘烧歌橘颂,积钱归买橘园洲。"用橘子酿的酒叫"橘烧"。

清道光年间官至湖广总督的福州名人郭柏荫的橘枝词:"橘叶干时暖日烘,橘花落后怕秋风。得闲莫上洪山寺,倩汝溪边捉橘虫。"当年橘园洲与洪山寺、金山寺距离很近。

闽江橘子红时,正如诗人郭龙光写的:"满村齐唱月光光,橘柚风来夜正凉。忽忆渠郎年少日,曾骑竹马过洪塘。螺洲西去是羊碛,橘柚村村傍水涯。满眼虬珠红欲坠,玲珑尤爱夕阳时。"

种满橘子的橘园洲、凤岗三十六宅已在城市化进程中消失,今属于仓山区建新镇。为了弥补《闽江橘子红》的遗憾,如今的闽江公园有了一片橘子林,使人忆起刘士菜的橘枝词:"金苞朱实艳如霞,早把新词唱永嘉。要唱橘枝词第一,自然福橘属侬家。凤冈冈里种千头,卅六宅里火齐浮。都作木奴平等看,大家偏说橘园洲。"

闽江福韵

● 远野

我是山里人,小时候一直生活在没有大江流过的地方,反倒很喜欢大江大海,就连读到"黄河之水天上来""唯见长江天际流"之类的诗句,都特别向往。好在所处的闽清县虽然不靠海,却位于闽江中下游,拥有29.5公里的大江河段,更有一条自老家流向城关并汇入闽江的大溪——梅溪。首次听到"闽江口边是奴家,君若闲时来吃茶,土墙木扇青瓦屋,门前一田茉莉花"的民谣,就亲切得整颗心都柔软了。

"闽江口边",具体指哪,没有确切的说法,应该是一个广泛的范围。于我而言,自梅溪入江口,即溪口,直至与梅埔村古渡口对应的渡口村一带,都适合这一称谓。后来,居然安家在这一带中最贴近江边的小区里,客厅的窗户正对着闽江,可以纵览上下游很长的一段江景。从此,日日见江、望江、亲江,畅享她的无限风光和四时韵致。

身为爱江之人,能滨江而居,满是安心之福。闽清之名,实乃闽江和梅溪结合的产物。公元911年立县之时,取闽江之"闽",又因"闽水浊,梅水清"而纳"清"入名。这反映的自是千年之前的情况,随着后世不断变化发展,闽江倒具备了独揽闽与清二字的实质。汤汤闽江水,经过9公里之上的水口库区沉淀,又经6公里之上的水口坝下航运枢纽库湖再次澄清,流泻下来已是一片清波。而自县域南部经千余米落差,数百里奔袭而来的梅溪水,尤其是雨季山洪汇聚之时,则相对黄浊,故而溪口往下两三公里内,"泾渭分明"是一幅常见的图景。如此闽清,天生就有了既揽江入怀,又通江达海的环境条件,灵动豁达的气质心胸也依此而成。

我总庆幸、虔诚,又无限敬畏地轻触母亲河的脉搏,自古以来,她便是我们的重要"生路"。时光流转,曾传送着多少文明生祥的历史? 不说三明的万寿岩、昙石山的史前文明和闽清东桥南木墩新石器遗迹的一脉流淌,不说南海一号、华光一号等古沉船里发掘出大量来自闽清义窑的瓷器,仅三明、南平好几个村落的闽清船民族裔,马来西亚诗巫众多华侨,无一不是经由这一波乡愁开枝散叶而去。江浪涌动,又见证着多少人间故事?历史上闽江与梅溪都曾桀骜难驯,老县志里记载着诸多龙江生怒,水漂千里的惨事,但文明改造了自然,水口双坝不仅调节着闽江的潮涨潮落,还把江水化成上游的丰盈碧湖和下游的一川清流,多年来都不曾再为患为害,更有国道、高速公路、铁路、高铁、步道伴在闽江两侧,不少桥梁沟通南北。滔滔江水,车水马龙,千年黄金航线、生命线、景观线、希望之线,叠合成最美的山水一线。滨江而居,犹如置身于时空的交点,正指尖轻点天地之弦,呼吸与心跳里融着一江流淌的往来古今和纵横八荒,徐来的缕缕清风,荡漾的层层波光,似乎都在倾诉悠悠天地的无限私语,并在我心田堆叠无边的幸福。

"我住闽江边,终日收画卷",一窗江景,成全无限眼福。我常坐于窗口,凝望宽近一公里,长及数公里的江面,水流充盈平缓,近于湖面,其天光水影,朝晖夕阴,气象万千,更是四时不同,轻松阅尽"日出江花红胜火,春来江水绿如蓝"的奇幻变化。至于渔舟唱晚,白鹭翔舞,牛群溯江,更是日常动态美景。面朝一川流水,或临风放空,或把杯品茗,但见上游群山层峦,线条起伏,一江雄出,极目骋怀,夕阳映照下,位于数十公里外千米雄峰高岗山上的发电风车银辉闪烁,目力可辨。近处则山林覆绿,橄榄成片,青绿里无限生机,山脚几处人家,岸边铁路延伸,汽笛穿透炊烟,协奏着人间正好。沿江的公园里,成排的栾树、菩提榕、三角梅、蓝花楹,开阔处成片的茉莉花、红梅、蜡梅、碧桃,沿着春夏秋冬,次第打扮季节,妩媚时光,陶冶人心,又接续成浪漫的时间履带,推动岁月前行。悠悠天地,滔滔逝水,如画江山,氤氲茶香,陶然其间者,不正是"醉翁"真意?

江是一片田,可播景之美,可得鱼之鲜。与江为伴,亦是生活之福。晨昏之际,总有几艘渔舟往来弄波,或见长梢划水,拖曳出一溜愈行愈远愈宽的波痕,或见撒网捞江,逆光剪影成黑白斑驳又流光溢彩的"动画"。我时而用数码相机拍出几条见证劳作的实时"朋友圈",时而掐着时间到河岸边"拦截"渔民,买下"第一手"河鲜。江是滋润的源,还可获橙果甜、橄榄香。位于水口库区之芯的雄江镇,江南山坡尽是肥厚红壤,且坡度适中,光照十足,湿润温暖,加上昼夜温差大,智慧勤劳的村民激活山水,遍植脐橙,培育出品质优良的果实,每年深秋,都是我们奔赴采摘的甜馨时光。

水口坝下北岸的白河江地区,同样因得天独厚的滨水山地气候,育化出独一份的甜榄品种,为当地村民送呈漫山的摇钱树,其核心区一个自然村,88户人家,种植1500亩橄榄,年产值稳定在5000万元以上,单项收入年户均约60万元,人均约13万元。如此的农村农业农民,何其令人向往与艳羡。而给我最个人化的幸福在于紧挨住宅的沿江公园,绵延十公里的步道和星布其间的体育器材,基本上算是为我"量身定制"。每天晨起,就可以"秒入"运动状态,任我追风逐日地沿江慢跑,无声承载着我追求身体健康与生命品质的步伐。

一江之缘,无涯情分;一江之胜,无限风华;一江之赐,无量丰盈;一江之盛,无边福韵;一江之得,无尽欢欣。福见闽江,清韵闽清,得居其间,此生之福!

闽江,流过我的童年

● 苏静

轻舟泊岸,江水撩拨童心
玩水孩童,在船一边
我用火柴盒串一支长长的船队
撑一管长篙,涉水而上
弄潮孩儿,心怀远方

一个趔趄,未谙水性的我
与闽江打了一个照面
温柔的水诱我上路
一位艄公救了我一命
那年我6岁,红肚兜惊魂未定
死与生,在那一个秋天刻骨铭心

故地重游,中洲岛还在
而鸥鸟已飞
岁月如流,一朵浪花的跌升
五十载的光阴
闽江已近,而故乡太遥远
萤火虫的鸣叫,高于闪烁的星辰
闽江之心,多么幸福的温馨摇篮
闽江,梦里寻你千百度

今日,沿着三十六湾水路
寻你十里桃花,百里稻香
不见了牧童短笛,只有那鳞次栉比的高楼
两岸的不夜灯火,斑斓了我的晚年
沧桑巨变的闽江啊
我的生命之印记,已潜入你的江底
不老的你,是否还记得我的旧模样

谁言异乡只是故土的背影
他乡也是心头肉呀
无论世事多么变幻
闽江——青春依然的你
是我心中永远的山水

亲水福州

● 郭成建

两江汇合春水荡漾
榕树绿荫摇曳江面上
纸伞撑开湿润的方言
一部评话,四季清爽

内河纵横春色流淌
茉莉花语漫延河道旁
福船穿行滟滟波光中
一台闽剧,十邑芬芳

亲水福州,悠悠两千年
有容乃大看过三坊七巷
贤人志士,柔情似水
终是一片冰心在故乡

亲水福州,悠悠两千年
盛世繁华看过上下杭
百业商埠,大道入海
正当乘风破浪向远方

一路风景一路海

吴安钦

出连江县城十里,有一条通港大道,径直通向黄岐半岛。这通港大道就是环海大道,它把半岛黄岐湾、定海湾、罗源湾和可门口"三湾一口"数十处美景及其历史人物联系了起来。徜徉在这条宽敞大道上,可欣赏连江海上风光和海峡两岸的渔乡风情,还能一路饕餮半岛独有的鱼鲜美味。

定海湾

环海路入官岭村便有一艘巨轮映入眼帘。大船上的"定海湾"三个大字引人眼球,上船一看,啊,原来,它并不是真船,而是和船极像的建筑。伫立船头,凭栏而眺,可看到船底下的沙滩和沙滩外的浩瀚大海。

定海村是定海湾的中心村,这是个有故事有风景的千年古村。早在宋朝,定海设有千户所,是抗倭前沿阵地。它三面皆海,海湾水阔港深,辽远空旷,东西南北水道皆通,战略位置极其重要。早在唐宋时期,这里就是一处繁荣的海上贸易交易中心。解放后从海湾里挖掘出的数十艘古沉船与船舶上所载的2000多件唐、元、宋瓷器、铁器、铜钱,与定海村如今尚存的修旧如旧的古城墙和城门,足以证明当年此地的繁华之盛和防守之重。湾内海岸曲折,明屿暗礁,桅樯帆影,浪飞鸥翔,与十岛神姿、牛台夜月、九龙聚会、金线葫芦、五燕投窝,以及十三滩、三十六礁等构成了定海湾天然海景,堪称"海上画廊"。

定海湾为何在靠近官岭之处树起了大招牌？原来与一个人物有关。这个人就是我国第一位音韵学家陈第。作为军事家的陈第因向戚继光献抗倭之策，被赏识并重用。他曾数度渡船台湾岛考察军事，并写下《琉球传》，是历史上第一位详细记录台湾风土人情的学者。一次，他的船队出航琉球时，途中狂风大作，随之而起的是滔天巨浪。这艘不大的船只在浪涡中颠簸。他担心船员丧失信心，勇立船头，意气豪迈地唱起他自编的《泛海歌》：

水亦陆兮，舟亦屋兮；

与其分而弃之，何择于山之足海兮！

如今，每当渔家人在洋面突遇大风大浪时，便想起陈第的这首歌。歌声一起，便气宇轩昂，信心顿增。

陈第一生心怀大海心恋台湾，他出生在县城，却长眠在官岭山上。

黄岐湾

到了官坞，算是跨入黄岐湾。与定海湾比，黄岐湾像内海，风小，浪平。

先说官坞吧。官坞是全国生态文明村，码头是彩色的，赤橙黄绿青蓝紫，白天，像一条彩带，把渔村装扮得分外妖娆；夜间，灯火和渔火，闪闪烁烁，人们以为天上的彩虹落到海里，斑斓艳丽。一条桥梁似的栈道直通海湾。蓝色海面上，除了亮晶晶的海水就是一行行如诗行如音符的渔排，十分壮观。渔排也是彩色的，一粒粒或圆或椭圆形的多彩浮球把鱼圈拢在一张张渔网里。这不是一般的鱼，而是鲍鱼、竹荚鱼和海参等名贵海产。此外，便是季节性的一条条赤褐色的海带。官坞村引来不少城里人看海观涛品海味，这个全国十大魅力乡村成了黄岐湾一道别样的风景。

远远望去，这片海域内，有一艘航母似的巨轮十分抢眼，不上前看一看都不相信，这不是舰艇，而是"振渔一号"新型智能渔排，它底下养殖有五万多吨的海鲜。各色鲍鱼、海参、大黄鱼等鱼虾应有尽有。它的新特之处在于，不仅养鱼，渔排平台上还建有酒店似的厨房、餐厅、客房，还有茶座。有人形象地把它说成是"海上会客厅"。尤其是夏天，登

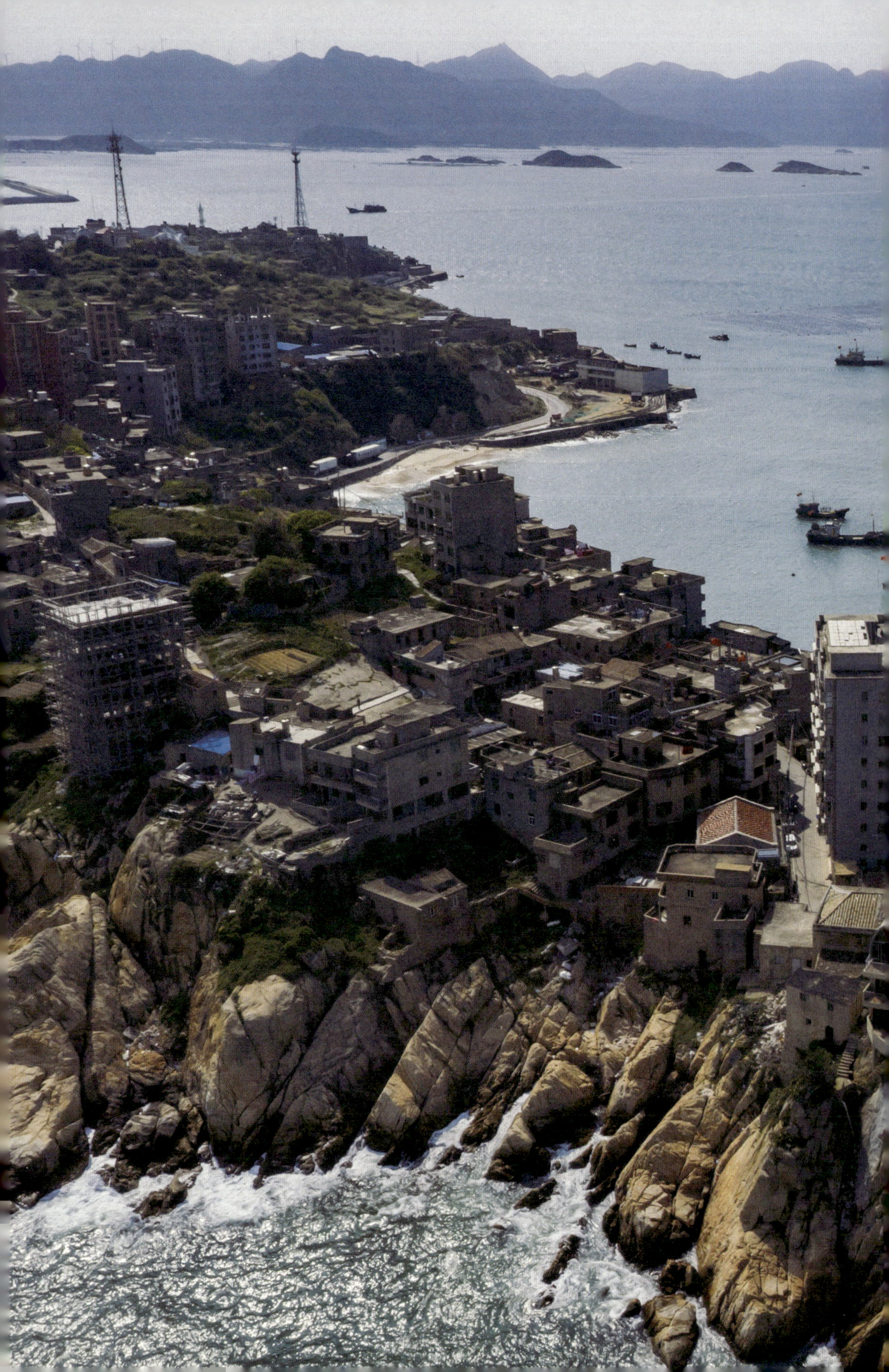

连江黄岐半岛。陈暖 摄

上这艘大船,不仅可观赏和品尝渔网里的鱼鲜,还能领略东海之滨的海上风光。海风吹拂,涛声潺潺,鱼虾跳跃,还有天上飞翔的海鸥与海上作业的渔船,这是真正的海上连江。

黄岐的畚箕山和望乡亭,是人们熟悉的。后沙滩的沙、大建湾的渔排、烟囱顶上的灯塔、海港里的渔轮,还有黄岐海特有的龟足,也是人们所熟悉的。近年,一个以石头著称的古石村声名鹊起。古石村九十多座古厝全为乱毛石墙。"波绿山青片壁近,琳琅民房石砌成。烟锁雾绕海天阔,风光旖旎留美名。"这首诗是古石村的真实写照。村里有一条两百米长的石洞隧道。一入石洞,一股凉爽之气扑面而来,可谓乘凉避暑胜地。这个当年出于取水和防空之需的隧道,哪想到,如今能把人们引向风景线。一出洞口,眼前与脚下皆是雄峭的山崖和蔚蓝的海水。听,白色的浪涛冲击礁石的声音訇然作响。"将军岩""狮子崖""生命门"等皆是这里独特的海蚀地貌之景。1962年夏,郭沫若夫妇曾莅临黄岐,观赏这般风景时,情不自禁赋诗:"和暖如春意欲融,嘉池山上鼓东风。东西犬岛波涛外,南北竿塘烟霭中。"

往北,就进入了苔菉镇。苔菉在这里有一个驿站似的"北纬26度"景观,是枕石听涛的好去处。与"北纬26度"相接的就是负有盛名的平流尾地质公园。这座公园见证了亿万年东海数百次地壳运动的结晶。一块块造型各异的嶔嵚巨石,风情万种,形神毕肖。风高浪急时,似万马奔腾,让人惊心动魄;水波荡漾时,如万千少女舞动蓝裙,呢喃耳语。

苔菉的另一处胜景在北茭鼻。此处为连江境陆地最北端,可谓连江的天涯海角。这里至少汇聚了三湾两口的水流,海底自成多处漩涡,是真正无风不起浪之海。无论晴天丽日,还是风雨交加,北茭鼻总是波飞浪旋或惊涛骇浪。如果不是驾艺娴熟的渔民老大,不敢轻易驾船至此。

罗源湾

黄岐半岛北岸是另一番海景。瞧,不高的山上都有一架架缓缓转动的风车。风车下的海湾比南面海平静多了。这边不是泊有大小船舶的海港,就是各种形状的渔排。连江,作为全国海洋渔业大县,气势就在这里。无论是后湾海、横朡海,还是同心海、沙澳海、大建海,都写满了"渔"字,不是海带紫菜,就是海参鲍鱼。到安凯乡的奇达海时,场面更为壮观。那纵横交错的渔排如同田园,或井状或圆圈,或星星点点,在此,可以真正领略到古人所言的耕海牧渔之蕴。

在这渔海之上的白云山中还有两处风光,一是千年古刹白云寺,二是旗冠顶。旗冠顶是半岛的制高点。立山峰之巅,半岛风光,乃至闽东海岛海湾和罗源湾可尽收眼帘。松臬海、江湾海、初芦海、可门口、新辉海,如珍珠般相连在这片海域,那彩色浮球下的海里尽是鲍鱼、海参,或者石斑鱼、大黄鱼等名贵渔品。

与定海湾和黄岐湾比,罗源湾静如处子,仿佛一处水光潋滟的大西湖。罗源湾有船,有岛,有滩涂,有海港,还有一座火电站、一个工业区和闽地最大的人造平原——大官坂垦区。这里也是一处养殖区,有对虾、缢蛏、弹涂鱼、牡蛎、泥螺等。几十座星月般的村庄屹立在海湾沿岸。这里有独具特色的海鲜,如哇南、海月、土笋、沙虫、龙须菜、藤壶等。

于凡人而言,人生之福有二,即眼福与口福。一个爱看海上风光的人,那么,黄岐半岛两百多公里长的海岸线尽是极目可眺的美景;倘若喜啖海鲜,半岛的海、礁、洞、涂里的鱼虾蟹贝触手可及,鲜美醉人。

美丽的黄岐半岛,一路风景一路海。

海岸线（外二首）

● 东楠君

又见海岸线。熟悉的
仿佛具备那么多遐想的潜力
凭借这不算蜿蜒的路径。只要愿意
我一定能看见渴望中的深蓝
视线中的海，心中的海
也许一生都在眺望
隔着这若即若离的远方

梦里的故乡。我深爱的
天赐的一方净地。没有比起你
更静谧、更湿润的土地
和更具故事演绎的可能
注定了一生，都在海岸行走

海啊，因为有了这浮华的尘世
你就一个劲地蓝
今夜。准备好一尺的帆
一丈方圆里足够的风和勇气

海边的人

最短的一天,往往是在海边
也就是所谓的岸上

那些叫作女人的生命,常常钻进
有帆的船只。让渔火兀自在岸上
不停明灭生息,我想起刚出生的日子
我在婴儿床上躺着。而更多的人和时间
是以雨水的姿态莅临这片海

海边的人,终其一生都在向海
努力索取。最高光的时刻
无非是把爱情,放在海浪的尖上驰骋
男人啊,一生总有一根绳索将你勒紧

跟着海浪漂泊的节令就成了
海上人家。南方的风
希望你能够再善解人意一点
该走的时候走,想歇的时候歇

海滩之上

在大海的视野里,火焰
也许是梦想的另一种存在方式
它不在波涛之上。也不在
鸥鸟们飞翔和移动的风景里

它是建筑在我栖居的沙滩之上
在白昼的海岸畅快地蹓一个来回
仿佛就有了一种梦想成真的感觉
并产生触手可及的真实性

我惊叹日夜行走的现实图景
原来近在咫尺。就像我始终认为的
不可测知的海象被破译为熟悉的
波段频率。当海滩升起火焰

生活因为每一次精心提纯而显得
既热烈又喜悦,与海边
风吹日晒的铜质肤色完全一致

涟漪上的渔村(外一首)

● 黄鹤权

早时独行,沙滩是白的,浪花是白的
我看到,雾从古井遗墩升起,潜泳
一阵风把香送了过来
挑担子的馄饨摊沉入眼帘
扇子骨熬出的汤,喝上一碗
解了馋,也让孩童般的
好奇,齐刷刷向我靠拢,落向梅花人家
每处认领着
悲壮的刀光剑影的古迹

晌午,候鸟云集。鸟鸣一路吆喝
租满整片天空。悬挂的腊肉
风干在彭家大院。一指长的小鱼,炸透再烧
鱼肉酥烂入味
百里鳝鱼滩沐浴着亮光和绿意
船帆轻摇,铁锚发生声响
像列队的士兵,渴望拉起汛期后
第一次丰收
邮寄到海内外饕餮的口腹间

傍晚,还有太多打开方式
潮湿的涛声忽上忽下,溅落码头
落日和光阴串珠成韵
一样金黄。古城墙照旧,把自己的影子
挂在阶梯上,照看着将军山
这里,每天都有美人打开窗子
看到西施弄上,
古城广场旁。乡野江湖
被脚印踩出纹路,二两小酒顺道上山
扑鼻的梅花香

正成为有福之州的热搜,让呼吸更深

午夜,古城仍有退潮后带不走的掠影
比如,鱼丸、鱼酸、炊鳗
比如,那个让人一想起
就皎洁的姑婆。比如,爱人趴在肩上的时光
比如,那一寸寸在云肩荡漾的蓝
因此,我们从方言中
起步,下蹲,围炉而坐,继而挥手
向东海抄送了一声长长的呼啸

在那一刻,我逐渐领会了
渔村的期待
和乡愁给予的厚望,彼时的欢喜多如砂砾
逐步拷贝在涟漪上;我开始知道
如果来了一次梅花,最好再等一场雨
那时,可以用回忆锻造
童趣的建筑面积
可以中夜草疏,让寂静推着寂静
救活数个朝代的心跳

那时,就不止一日看到
大海自动弹窗
诞生奇迹

扶住袅袅向上的福字

进京赶考的人,一定躲不过
细软的沙砾和泪珠
走上登文道的人,一定念着四书与五经

他们彼此认识
来自同村。也有不认识,像我一样敏感
但都期待中举返回故乡,在这里
捐一块石条,刻写
名字、籍贯和鞭炮声,铺开对大海的信心
时隔经年,就在傍晚
在老码头的面前。我也听到了
那声音经由古道从岸边,直通江中
蜿蜒而闪光,一串串挂在湿地蔚蓝的温床
它刊播的200米的故事
淅沥作响,使我们敬仰而生疏。
而此时,潮水退去
一位穿汉服的姑娘刚来到
站在情人礁
跳跃,低头,闭上双眼,在大海的瞩目下
拉响天真或《福见福建》
请不要惊动,这是我能想到的
能够交付生命的一幕
新鲜的海风也轻拂着,对历代
每个栉风沐雨的人都有慰藉
正扶起一个个露出光影的"福"字
和都在回潮的
忧郁和旋律,坐在一艘轮船上潺潺流动
让我们达成共识吧
在素净的灯塔边坐一晚上
再轻一点,
静静回味汪洋大海从后来者
身体里滑落

一水横流洞江福

● 林小龙

"我只知道有蔚蓝的海,却原来还有碧绿的江,这是我父母之乡!"这首诗用来形容长乐竟是如此贴切。

这里是冰心先生从未回过的故乡,大海是她宽阔温柔的衣襟,洞江是她裙裾间飞扬的飘带。

洞江或因九龙山及洞山而得名。万历癸丑《福州府志》载:"九龙山,在至德里,去城七十里而近……有潭曰毗济潭,下有穴通马江。其支为唐屿,西曰洞山,有狮子石,下为洞江。"洞山今名洞头山,位于长乐营前洞头村,山下有灵洞寺,唐咸通四年(863年)始建,至今犹存。

洞江分为上、下洞江,尤以上洞江美景为胜。旧时,这里是长乐往来闽(侯)县的界江,也是出海候潮的港湾,见证千帆竞渡、百舸争流。它发源于深山,接焦溪、大溪二水,自南向北蜿蜒流淌近四十里,于营前港注入闽江。千回百转间,灌溉良田万顷,滋养黎民无数。东边,青山耸峙,那是董奉山,旧时所称的"福山"。先人们相信,"福山"相伴,必定福泽千里。

我的祖先月湖公是两宋之交时远近闻名的堪舆先生,他的墓就在上洞江源头。沿江,遍布古村、古渡、古榕,也流传古老的传说。《榕城考古略》中说,上洞江开源的首个渡口——白田渡(今长乐玉田),西晋时曾被晋安(今福州)郡守严高相为郡治迁移地,只因非南向而遭舍弃。先人们逐水而居,信奉蟒神"九使爷"。他们还相信山上有九龙聚首,江中有九龙潜渊,所以有了九龙山、九龙潭。江水在九龙山、浮峰山下绕出两道大弯,如神龙般直奔闽江、东海而去。

宋儒士陈烈卜居江畔的洋厦(今长乐首占上洋),自得其乐于"第一江山亦壮哉,仙居何必向蓬莱"。明状元陈谨安身于此,以"环江"为号;据说当年殿试时,嘉靖皇帝问他家乡有何景致,他以"环浦渔歌""半月沉江"等十二景答之;他死后归葬江畔的洞山,故而洞山亦称状元岭。同朝的许天锡,状元许将后裔,生于斯长于斯,以"洞江"为号,《明史》以洋洋数千言为之立传;身为谏臣,他倜傥不羁,存心忠孝,因弹劾刘瑾,惨遭戕害,亦长眠于此。

许天锡的胞妹许凤,许配九龙林氏,甘贫茹苦,抚孤长成,其子孙多有所成。曾孙林材,明万历进士,晚号九龙山人,亦以忠谏名垂《明史》;他拯救孤本,重刻《三山志》,延续闽都千年文脉。林材之子林弘衍殚思重订,留存国内最早的刻本。曹学佺曾与林弘衍泛舟洞江,同游鼓山,赋诗"渚花垂岸荣,沙鸟近湾戏"。弘衍子林之蕃,崇祯进士,筑室江畔,名曰"涵斋";明亡后隐居故园,独钓寒江,"别港鱼肥招不去,绿蓑惟恋旧溪山"。

抚览史志,宛若与先贤对话,且听他们行吟江上,留恋故土。

秋日江畔的金黄稻田,让我想起春日的福橘。昔日的上洞江畔,曾经遍植福橘,红彤彤地点缀两岸,也点缀春日的欢愉。摈弃喧嚣,远离城郭,让这片土地极少有惊涛骇浪。哪怕成长于斯的"宋室忠烈"、凿舟自沉的杨梦斗,在元朝大军压境时,也是御敌于遥远的十里扬州;哪怕是倭寇焚劫非为,也有戚家军帮助荡平创伤。史书上能找到的发生于此的"大战",似乎仅有琅尾港(今长乐玉田琅峰)抗日伏击战。此役,江畔的福橘树林是我方游击队的天然屏障,江水退潮后的淤泥是鬼子挥之不去的梦魇,最终敌方战损42人,我方竟无一伤亡!此乃福地也。

上洞江,也承载了我的童年记忆。夏天,是水边的孩子最幸福的季节。在江中游泳,在浦里抓蟛蜞,挖蚬子、河螺,用蚯蚓钓鱼、虾,或是在阡陌纵横的田野挖泥鳅,是每个"野孩子"必备的本领。若能有幸吃到江中的流蜞配以煎蛋,不啻饕餮盛宴、人间美味。

上洞江曾是交通要道,《长乐市志》载:"(20世纪)40年代以前,上洞江是福清、平潭、莆田乃至闽江一带进入福州的水路运输转运航道。"哪怕是90年代初，江上仍舟楫穿梭、桨声欸乃。童年时，我去长乐县城要坐摇橹的木船摆渡过江，去省城则要坐双层客轮经马尾、再至台江，只觉山重水复、路途漫长。随江水驰骋，我见识了外面的世界，也看到了魂牵梦萦的大海。

每年端午前后的龙舟大赛，是沿江居民的盛大节日。舟楫竞渡，锣鼓喧天，鞭炮阵阵，呐喊震耳，江边尽是摩肩接踵的人群。龙舟赛不仅凝聚了各家族内部的人心，也维系了不同家族之间的情谊。九龙山下的唐屿（今长乐首占唐屿）与浮峰山下的泮野（今长乐航城泮野）每年的龙舟联谊便是典型。《长乐六里志》记载了唐屿清末举人林星赓为泮野的林亦岐写的序言："余乡远祖月湖公，与泮野乡远祖某公，同往赣州学堪舆术，技术相若，性情亦相契，其交谊之笃非寻常友朋可比。由是，两家后裔继远祖遗志，亦互相往来，迄今已数百年之久矣。"共饮一江水，一眼近千年。

如今，上洞江下游已建起长乐最大的城市公园——洞江湖公园。漫步其中，水光潋滟，草木葳蕤，繁花争妍，野鹭翔集，若人间仙境。阅江廊，独醒榭，陶然亭，澄怀亭……各式典雅的亭榭星罗棋布，引人不断移步换景。江水急弯处，有突出江面的环形木栈道，赤脚踩于其上，若凌波微步。远处，九龙大桥、三汊港大桥早已飞架南北。驻足公园末端的得真亭，还能仰望跨江高架桥上悠然进出营前站的6号线地铁。曾经风雨兼程的渡口，早已入梦。

"江山留胜迹，我辈复登临。"在这里，无论是纵风情，还是寄幽思，皆能应景。对我而言，最幸福的事，莫过于携手亲爱的家人，迎着晨曦晚风，畅享这里的每个朝朝暮暮。

平流尾的阳刚气质

周琦

这是一处奇特的滨海礁岩群,山连海、海傍山,山海相依相恋相亲相伴。在这儿,白鸥高飞,怪石嶙峋;在这儿,海风吹拂,心胸畅快。

从福州乘车一个多小时抵达连江县苔菉乡茭南村,这儿背倚陆地三面临海,站在任何方位驻足任何角度,都能看到湛蓝的大海、起伏的波浪、浮游的白云、强劲的海风。如果仅仅是这些,我想置身于哪里的海滨都能感受到。而这儿之所以声名远播,不仅是蓝天白云面朝大海,我觉得更能体现它的独特韵律的,当属那一大片铁骨铮铮纹理纵横充满着阳刚威猛气质的火山礁岩。

漫步石板铺就的小道,下穿崎岖的阶梯,径直来到海滨,展现在眼前的是一大片宽阔的火山岩,纵横交错粗粝狰狞。远远地看过去,形成一个较为平坦的海蚀平台,而其实它并不是平整的,在一波波海浪长期不间断的冲蚀下,一道道深幽的沟壑,一条条曲折的纹理,一层层起伏的褶皱,让人慨叹令人讶异。

海浪是奔涌的诗,礁岩是凝固的画,一动一静间优美的组合构筑了一幅幅令人赏心悦目的诗画。步入大门不远,便可见到滨海处那道壁立万仞的峡谷,两侧岩石高大陡峭,俯瞰深沟崖壑直通海面,远眺鸥鹭展翅浩瀚无涯。由于谷底地势逼仄,涌入峡谷内的海浪冲压起高大的水雾,白浪滔天声势宏大。这儿有个动听的名称:月光峡。月圆之夜天晴气爽之际,站在峡谷前的观月台,一轮明月从峡谷中央的海上冉冉升起,波涛奔涌的大海形成一道道闪烁的光轮,天上的月与水中的光交相辉映，山上的风与海上的涛此起彼伏，此情此景充满着诗情画意，令人心驰神往。我是白天来的，眼下又是月缺之际，因此这番景致只能从张挂在海滨的宣传板上看到，再加上自己丰沛的想象，虽然眼前美景不在，但美好的向往总是令人憧憬。

沿着崖壁上旋转扶梯下到海边，这一大块崎岖不平的礁石形状奇异，有的说这块像猿猴，有的说那块像竹笋，似像非像全靠人们各自的想象。不过如果能激发丰富的想象力，有几块确实是惟妙惟肖似曾相识。礁石的边际拉着一条安全线，提醒着游人不要靠近以免发生险情，然而总有喜欢冒险的人不顾醒目的提示牌，跨越安全线下到海边与海水亲密接触，稍有不慎落入海中，或者人没湿身手机却垂直降落了等等之类的事时有发生。因此旅游公司派了几个安全员站在礁石边，时刻提醒着游人不要越过安全线，以确保自身安全。

面前有位安全员大叔看上去年过五旬，一脸的憨厚朴实，见我背了个单反相机，主动上前告诉我：前面山崖上那块巨岩，你站在我这个角度拍下来，你看看像什么？我听从他的提示站在他的位置，面向山崖侧身对好角度，连续按下快门，待我启动回看功能，不禁惊呼道："这像是一个武士的侧脸！"安全员笑呵呵地对我说："我们给他取了个名字，叫哈浪将军。"我惊奇地问："怎么叫这样一个怪名字？"大叔笑着说："村里几个年轻人有点文化，他们说这位将军站在海边微笑着面对大海看着海浪起伏。"我也笑道："真有意思。"大叔接着指点："你看海边那两块礁石，头部尖尖的面对岸上，尾部在水里，海浪冲上来时把下部给遮挡住了，像不像两条蜥蜴出水？"我连忙拍下来。大叔说："你绕半圈到另一面去拍，还能看到蜥蜴的眼睛。"我奔跑到另一侧面，果然那蜥蜴头部岩石上有一个小坑，远远地看去就像是头部的眼睛。回到礁岩上，大叔又指着那哈浪将军旁边的一道岩石："那两块并列的礁石，连接处有一条深灰色的像是水泥灌注进行粘连，那其实是火山岩浆冷却后留下的灰色痕迹。"我立即站在这条长长的水泥带上，但见两块浅色的礁岩间，一条灰色的长带直直地横过来，它的一头在山顶上，顺着礁岩直下，折了一个接近90度的夹角后在地上铺开，径直延伸到海中。看到这一切，我不禁为平流尾的神奇而赞叹。大叔自豪地宣称：这还不是全部，在我们

平流尾地质公园凭着出众的生态美景和绿色气质，吸引众多游客慕名而来踏青休闲。　　陈暖 摄

这里，你还能看到元宝石、剑鞘岩、神龟驮印石、三只小猪岩和比目鱼石呢！

只要有礁石的地方，就离不开人类丰富的创造和想象。

福州自古通江达海，勤劳果敢的福州人民在江上追涛在海上搏浪，早已练就了不畏艰难勇于搏击大步奋进的气质。而在平流尾所展示的这种刚劲，是那傲然挺拔的正气，是那铁骨铮铮的壮志，是那昂首阔步的豪情，也正是福州人民骨子里散发的气质的生动体现。虽然有着蓝天白云的天幕，虽然有着绿叶小花的衬托，但这反倒更加彰显了它威猛刚强的形象。它就像一位威武不屈的勇士，静静地伫立在海滨，驻守自己的哨位，护卫宁静的家园，等待远航的亲人、盼望天际的归帆。

煮一壶闽江水

罗锦生

在老家沙县,水和菜有些情形是一样的,未经煮过的菜叫生菜,没有煮过的水叫生水。小时候,一要去喝生水,就会被大人喝住,说是喝生水会肚子疼。现在,轮到我也是这般教小孩。如此,便一代代对生水心存敬畏,日子也就从每天早晨的煮水中开始。

家里有些烧水器具是从老家带来的。我如今喝闽江水,它们便日日烧闽江水了。

把水倒入密闭不透明的器具里,煮起来会只能听到声响,"噗、噗"的一声声,犹如时钟运转的声音,一点点的过去。又像是击鼓的声音,节奏从慢到骤,骤到让人兴奋与紧张时,不得不把火头给掐灭了。

我喜欢用透明的壶煮水,因为可视,也就有一种观赏的效果。看着那升腾的水气和翻滚的水沸,能让思绪也跟着翻涌起伏,遐思万千。

刚入壶的生水,冷冷中又掩不住一些慌乱,上下左右的动荡着,稍倾才安定下来,就更加显现它的透明与纯净。随着热能不断增加聚集,水开始变化。先是氤氲出一层薄白的气,如我们在寒冬里口中呵出的气那般,很快缥缈而去。接着,从锅底开始气泡,由小到大,再从缓到急。随之,发出的"噗、噗"声音越来越大,像一个正在剧烈运动者发出的急促呼吸似的,满满的生活气息。

大滚是判断水煮熟的主要标志,滚烫的水充满了力量,轻而易举地顶开锅盖。水被煮,也煮它类。

在福州煮的东西特别多。煮茶是最绕不开的一件事。即使"泡茶",仿佛没体现煮,但并离不开煮的过程,你得先把水煮开,然后用开水冲泡。

"呵笔难临帖,敲床且煮茶。"茶能提神,因此我在写作的时候,煮茶常伴。煮的多是耐煮的白茶。茶叶一遇到水,仿佛就获得生命的张力,迅速舒展身姿,竭力恢复原态。在煮的助力下,茶香逐步释放出来,渗入空气中,慢慢充盈了整个屋子,屋内容不下了,再逸出去,近者均能闻其香,显示了茶味对男女老幼无欺的一面。每在茶香包围中,我就感觉仿佛与外面的世界隔离了,顿感世间宁静,心境澄明。茶叶也在盈香中完全展开了,仿若回到前世。

夏天要用水煮的名目似乎也要多得多,其中围绕"解暑"的目的不少,夏枯草、鱼腥草、茅根、菊花、金银花、茉莉花等,常是被煮的对象。有的是自始至终和水一起煮,有一股"不求同年同日生,但求同年同日死"的惺惺相惜。有的只要等到水开了,才投进去,跟着滚一滚,一起被舀出。不同的际遇,犹如河流一般,有些支流在源头就汇入了,有的则快到尽头时才并入,行程不同,所领略的风景和滋味自然也不同。不好说哪种际遇好,因为有些事物的行程轨迹不是自身可以决定的。就像我,哪曾料到,时代的洪流只将我轻轻一拍,我就冲到日新月异的福州,安家乐业了。

福州菜被戏称为"汤汤水水""黏黏糊糊",这种特色的造就,煮和水功不可没。我起初不太适应这种菜式,因为在农村的日子里,吃的多讲实。实能扛饿,才能持续输出力气干体力活。水似乎无须消化,很快就被排出了。福州的名美食鱼丸、鱼滑、肉燕等等,煮水的程式占去很大时间,水占据的空间也很多。

鼎边糊特有迷惑性,虽名曰"糊",却不仅水得很,而且自始至终都在煮中,锅的下半段为水,上半段为干锅,水淋淋的米浆泼在干锅上,一烤干就被铲下锅边,赶入沸水中煮,随之与虾米等海鲜、肉味混为一体,端上来仍是气腾腾水灵灵的一碗,可咕噜咕噜地喝下去,停留在胃里的,大多还是闽江水。

名气最大的佛跳墙,是在壶罐里煮出来的。煮的时间长了,叫"熬"。换了一个词,在心理上让人更加坦然和从容。据说,佛跳墙从准备到成功煮出来,至少要三天,这不知道要经历多少道煮了。只知道煮时"噗、噗"的一声声,好似时钟在运转。煮的既是时光,也是人的做事耐心和工艺追求。经过不断改进,预制的佛跳墙上市了。逢年过节,我只要把壶罐架在灶台上,把汤水煮沸,一家人就可美美地食用了。

  福州还有名目繁多的汤要从水中煮出来。反正,没有汤,无法下饭。一句话,宁可食无肉,不可一餐无汤。汤可丰可俭,只要有就行。我在单位食堂,基本打例汤喝,炖罐基本不碰了,怕油脂太高,不敢吃。例汤不要钱,厨师下的油水自然少。误了餐时,我就烧一壶水,冲泡速食的紫菜、海带等作汤饮,既适口方便,又有福建海洋的味道,真是美。

  火锅发明者应该是位极简主义者,火锅里头的水,因为这么一个容器,变得无所不能,把所有可煮的美味都煮尽了。我喜欢壶形的锅具,立在桌上,像一尊塔,沉稳霸气中充满仪式感。原来南方人吃火锅,只在冬天,加些辣,再冷的天,火锅一刷,热菜热汤把汗都逼出来了。如今四季不断涮火锅。一桌人聚在一起,在"噗、噗"的煮水声中,谈笑风生,亲情、友情随之热腾腾地涨起来,火锅店如雨后春笋般,噌噌地在福州冒出来。

  中国人讲"喝了这里的水就是这里的人"。这些年,我日日喝着福州闽江里的水,早就是福州人了。可每当壶中洁净的水烟气袅袅升腾时,我还是会凑前深深地吸一口,一股甜润的滋味便沁人心脾,陶陶然乐在其中。妻子说,那是福气的味道。

南台岛拾零

● 林雨馨

夏天渐渐褪去她的裙裾
一念秋风起　一念思念长
有人再见　有的人再也不见
烟台山的片片落叶

复园路上的赖姨香肠
藏在麦顶路上的咖啡屋
公园路上的老式理发店
都在逝去疏影中散步

烟台山石厝教堂。陈暧　摄

石厝教堂前泛了黄的银杏树
蓝灰色的石头上爬满历史的皱纹
拐角处一辆老式墨绿色的自行车
如同怀旧的咖啡大叔
将日子过得比白发还长

漫步在乐群路上
一川烟草　满山风絮
追寻着烟台山的雾霭
那明代狼烟墩台
孤独成无声的号角
落尘的书页记载着
抵挡倭寇的侵扰
以及举火警报的往事

夏天的遗憾
重叠厚重的古往今来
而脚下的闽江逶迤而过
将南台岛拥抱怀里
生怕丢失自己的记忆

连江奇达海上日出。陈暖 摄

今夜,在奇达港湾

● 陈义明

如梦如晤,约定好海天一色
夜幕下故乡人而已
山河间的思念自旗冠顶迎风而下
成为世纪网红前主角在哪
渔排也感恩渔家指挥出大海网格
芦花不介意,俯首浮标无际
终于,挥洒热情一路问天

天边造就大海别样的梦乡
夜无眠,续写无数个春天的故事
转身之后,城市喧嚣与我无关
风过沧海桑田,就挨晨昏的边缘
光圈又荡漾开 首绝美的渔家傲
用此生钟情的星辰放牧出海哥豪迈
爱有颜色,对焦在蓝色港湾

随我走天涯吧,洛岛在望
还有那些流浪江湖的白驹苍狗
甩一手白云山寺日落月升
脚下千年古村可还有归帆年少
辽阔纷纷是今夜我的相思十里
我还要面朝大海告诉他们花开幸福
借你的臂弯,晚风轻拂

福滿榕城

金汤。陈暖 摄

有福金汤

● 林山

汤,是热水。汤,可以喝的,福州的闽菜,特色是"汤汤水水",体现为口福之一。汤,可以洗的,福州人管洗澡叫"洗汤",是一种浴福。汤是福州人对温泉的叫法。金汤,是福州人对温泉的美誉。

都说福州是有福之州,来福州的都是有福之人。身为福州人,还真是感到特别有福气。别的不说,光是福州的金汤,就让人获得满满幸福感。用南宋诗人胡仲弓的诗来说,就是"人间何福能堪此,好与天家浴仙子"。

福州是天然温泉资源非常丰富的"福城宝地"。早在晋代时,人们就利用溢出地表的温泉洗澡。唐末时福州的龙德汤院有副楹联:"五凤朝阳生丽水,九龙经脉出金汤。"至今在福州城乡,还留下"汤岭""汤井""金汤""汤边""汤后""汤兜""汤埕""汤洋""汤下""汤门""汤巷""汤院"……等等与温泉有关的地名。

工作和生活是艰辛而快乐的,劳心劳力劳累了一天,回到家里,吃过晚饭,看看新闻,然后放上大半浴缸热水,美美地泡上一会儿,疲劳顿消,身心俱爽。洗热水澡,真是舒服。如果那热水是温泉,就更是难得的享受。若家里没有装温泉管道,那就到温泉澡堂去,在热气腾腾的汤池里,过把洗汤的瘾。

也许,老天爷在把温泉派送给地球的时候,是在醉眼迷离之际,信手像撒满盘珍珠似的那么一撒,于是,有的地方有,有的地方没有,有的地方多,有的地方少,有的地方质量高,有的地方差一些。说起来真幸运,那"珍珠"撒到太平洋西岸东南沿海时,老天爷的手停留了一下,于是一个特大珍珠串的温泉群就落到了福州城市中心地带和周边几个地方。

温泉是福州的一大资源特色和优势。泉脉贯于市中心，水温高、水质好、泉量大，这在全国和国外大中城市中都是少有的。譬如，北京、上海、济南等城市虽有温泉，但有的不在市中心，即使在市中心的，水温、水质、水量也比不上福州。这就叫得天独厚。2010年，福州市被授予"中国温泉之都"称号，福州的连江、永泰、闽清3个县也先后被评为"中国温泉之乡"。

福州金汤，好处多多：热储层埋藏浅，有些地方直接就冒出地表，成为天汤。当年去闽侯双龙，见到温泉"咕咕"直冒地面。去永泰汤埕，大樟溪畔石凹中"汩汩"流出。福州金汤蕴藏多，有好几个地质层次都有生成。水量大，仅市中心地区年均日开采量就超过一万立方米。而且金汤含金量高，富含氟离子和偏硅酸、硫酸根离子，还有氯、钠、钙、镁等离子，钼、钛、铜、镓等微量元素，氮、二氧化碳、一氧化碳、氢、氡等气体，是天然药汤。金汤温度高，有的简直就是开水，可以煮东西，最简单的就是煮蛋。福州方言"鸭蛋"谐音为"压乱"，有祈福平安的寓意。如果用温泉煮熟的鸭蛋，就是"金汤太平蛋"。

人类的近祖是猿猴，远祖应该是鱼吧。人类文明发源于江河等水边，想必有它基因上的缘故。我国先民逐水而居，具有天生的亲水性。亲水性通过洗澡得到淋漓尽致的体现。

就因为骊山的温泉好，杨贵妃慕名不辞车马劳顿，前往华清池洗澡，惹得白居易高调《长恨歌》。其实，华清池离西安还很远，不像福州的温泉，城内就有。早年福州百姓洗汤，是把涌出地面的温泉，用石头围起来，头顶蓝天，八面来风，泡汤于天地之间，无比的舒服、畅快。男人要舒服，女人也要舒服。于是，约定俗成，白天男人洗，晚上是女人的天下，民风淳朴，无伤大雅。

人是以肌肤与外界接触为一种感知的。只有在洗汤时，我们才能解脱许多衣服的束缚，全方位与水亲密接触。洗汤是一种身心健康的享受。我们把沐浴视为洁身的必需，是肌肤之乐，而且享受它的清心爽神。温泉还有治病、疗养和养生的功效。宋朝李纲在福州洗过汤后，就写下"玉池金屋浴兰芳，千古华清第一汤，何似此泉浇病叟，不妨更入荔枝乡"的诗句。

古人居庙堂之高,祭拜天地,须焚香沐浴三天;处市井之远,求佛拜神,也要洗汤斋戒。而局部清洗也有许多说道。相传屈原先生吟唱"沧浪之水清兮,可以濯吾缨,沧浪之水浊兮,可以濯吾足"来展示他高洁的胸襟;"金盆洗手"则是过去形容帮会老大退出江湖的明智或无奈;一些高人隐士,如果听到议论名利的事,就要去洗洗耳朵,表示"非礼勿听",有点像现在电脑的清除垃圾文件。古代许由就对巢父说:"尧欲召我为九州长,恶闻其声,是故洗耳;"而如果要听人家的高论,也要去洗耳朵,叫"洗耳恭听";厦门南普陀后面有个摩崖石刻"洗心",也许是得自谢安"醇醪淬虑,微言洗心"之诗,意在转变思想,更新观念。

"闽中温泉甲天下。"温泉是大自然对我们的厚爱,文化和旅游部门把温泉养生列入福州重要旅游品牌进行打造,要从文旅产业的角度,把温泉的文章做好。我们在享受这金汤的时候,则要懂得保护天赐的温泉资源,珍惜金汤、爱护金汤,让珍贵的金汤流淌不息,造福更多的人。

母亲的民谣

● 卢琪峰

儿时,我在母亲的摇篮里聆听着古老的民谣进入甜甜的梦乡。福州民谣牢牢根植在我的记忆中,令我不禁探究个中蕴含的福文化。

有一首民谣叫《搓"糍"其搓搓》:

"搓'糍'其搓搓,依娘疼依哥。

依哥讨依嫂,依弟单身哥。

依嫂带身(怀孕)喜,爹娘齐欢喜。

孩儿掉落脚桶下,依哥做郎罢。"

当我熟练吟诵这首民谣后,不由产生诸多疑惑。于是,我刨根问底:"妈,为何依娘这么偏心,疼依哥不疼依弟呢?"

"也不能怪依娘偏心。古时候,福州经济落后,老百姓生活水平低,男孩子结婚往往要耗尽父母半辈子积蓄,故男丁多的家庭娶媳妇要'一房一房'来。"母亲怜爱地看着我,"依哥是长子,当然要先娶媳妇进门啦!添丁生子,延续了家族香火,再考虑依弟的婚事也不迟啊。"

长大后,读《荀子·君子篇》,言:"长幼有序,则事业捷成而有所休。"想起儿时读过的那首民谣,印证了和谐、有序的婚嫁习俗,当真蕴含着古代劳动人民朴素的生活哲理。

回顾民谣《搓"糍"其搓搓》,它还有个"冬至"版本。在福州过冬至,有搓"粿"的习俗。冬至这一天,全家人围坐一堂,一边搓"粿'其搓搓,节节年年高,大人添福寿,伲仔岁增多,祈求家庭和睦、添丁进财、福寿绵长,美好的祝福在灵动跳跃着的黄澄澄、圆滚滚的"粿"中,在低吟浅唱、朗朗上口的福州民谣中。

"正月瓜子価(多)侬(人)龃(嗑),二月白蔗甜粞粞(极甜);
三月枇杷出好世(好时节),四月搓红(杨梅)摆满街;
五月绛桃(桃子)红又红,六月西瓜像圆笼;
七月荔枝挂满树,八月龙眼客遛(引诱)侬(人);
九月柿囝(小柿子)圆又甜,十月橄榄值侬(人)钱;
十一月尾梨(荸荠)赶祭灶,十二月橘子中做年(过年)。"

每当我吟诵母亲教的民谣《十二月水果歌》,脑海中就会浮现出童年生活的情景。

二姨在农村生活,屋后种有几棵龙眼树,收获时节便会挑龙眼进城。有一年夏天,二姨挑了一担龙眼,到鼓楼前我家门前卸下一筐,再用扁担钩住另一筐的麻绳,麻利地往肩上一扛,送往渡鸡口婶婆家。母亲把家里的什物搜罗了两箩筐,婶婆也叠加了些物品,二姨回程的担子更沉了,浓浓的亲情就在这担来担往中传递着。

那一筐龙眼着实让我解了十天半月的馋。来年,正等着二姨挑担进城呢,却见母亲拎回几斤龙眼,招呼道:"快来尝尝鲜吧,以后二姨不会再挑龙眼来了。"原来,二姨家婆婆病了需要她伺候,二姨把龙眼树承包给二贩子,换钱贴补家用。母亲说,以前二姨家的龙眼自己都舍不得吃,多半挑给城里的亲戚了,现在更要靠龙眼树帮持全家生计。我品着母亲买的龙眼,内心对二姨多了几分敬重。

我的童年生活在20世纪70年代,那时物质比较匮乏,品尝四令瓜果对百姓来说是一种奢望。然而,在漫长的历史发展进程,人们对美好生活的追求始终不曾改变。千百年来,福州百姓心怀淳朴的愿望,希冀风调雨顺,五谷丰登,故而这首源自生活,饱含老百姓对丰收的企盼、对美好生活憧憬的民谣,得以一代代流传至今。

福文化的核心意义在于阐明了普通民众对幸福生活的期盼和追求,许多福州民谣也蕴含了福文化这一宝贵的精神内涵。有鉴于此,经过多年考察、探访、收集和整理,我撰写了《关于传承福州民谣中"福"文化的几点建议》一文,被相关部门采纳。闻此,母亲满是沧桑的脸上笑出一道道褶皱。

母亲的夙愿、故乡的情结、少年的情怀以及岁月的沉淀磨砺了我,一位福州民谣传承者的责任担当——留住闽都福文化的根脉,让民谣文化如涓涓细流,汇入福文化博大精深的星辰大海。

徼福溯源

● 卢美松

福报概念是华夏民族的伟大创造,是中华民族的文化基因。

福的造字意义是什么?

从其最初字形可以看出,是人双手捧奉酒尊以祭祀,对象是天地神祇、祖宗神灵。所以,福的初始意义是人们祭祀以求神灵赐福降祥。

祭祀祈福是华夏民族的一大创举,表明他们已经脱离蒙昧和野蛮状态,萌生文明的意识。他们从日常的社会生活中体认到:是天地自然给他们创造一切,提供所有生活资料;他们也不能忘记是祖宗给予他们以生命、智慧和力量,即使死后,其灵魂依然伴随左右,护佑自己。为了感恩天地鬼神,于是定期供奉酒醴、花果、食物,以表达敬意和孝思。

华夏族群祈福的思想表明,福祉观念是他们的原初意识,因而成为华夏文明的原始基因。福文化基因的出现,据记载已有数千年的历史,考古发现证明,这种观念至迟出现在六千多年以前,而且广泛分布于华夏大地的各个区域。如浙江良渚文化遗址,发现有6300多年前的祭祀"天坛",面积巨大,其外围环卫的城墙遗址则更加巨大;陕西神木的石峁文化遗址,也发现有5000多年前的大神坛;西安半坡文化遗址距今有6000多年,其他如四川广汉三星堆文化遗址,福建闽侯县石山文化遗址、浙江河姆渡文化遗址等也都在5000年以上。可见早在五六千年以前,华夏大地上已出现众多的原始文明,它们像满天星斗般闪耀在中华大地的历史天空。

古人最初对福祉的理解和祈求是从自身理想和需求出发的,如《尚书·洪范》篇载,五福指"寿、富、康宁、攸好德、考终命"。据载这是商周之际智者箕子据大禹的"洪范九畴"所提出的,后世对福祉作了许多演绎阐释,"福"遂成为华夏民族普遍追求的良好意识形态。

福的文化内涵十分深厚,这从它的组词中可以看出。常用的词性是名词,表示个人自身满足、顺遂的各种幸福感受,如口福、眼福、耳福、福利、景福、万福等,古人用一句话概括,称"福者百顺之名",可见是个人的生命感受。常用作形容词的有福分、福气、福果等,代表含有福成分的事物。福还作为动词化使用的,如福佑、福庇、祝福、谋福、造福、徼福等。福的广泛应用表明它切合人们的需要和期望,能满足人们的生理与心理需求。福祉是人们普遍向往和追求的事物,不论能否实现,都能给人以希望和力量,因而成为泛化的意识形态。福文化遂成为中华民族的共同的意识形态;福祉的观念给奋斗者带来希望,让想望者有着慰藉,它如同阳光照亮华夏民族文明的天空,如同空气供民族群体自由呼吸。福文化既是抽象的概念,也是具体可感的知觉。

福文化从最初萌生到后世的演变,经历了漫长的时间。人们对福祉观念的热衷,是由华夏民族特殊的社会背景决定的。首先,华夏大地自古以来就是一个农耕社会,在广袤的土地上生活着的华夏族众,大部分地处亚热带气候,又有长江、黄河、汉江、淮河以及珠江、新安江、闽江等无数江河的沃灌,农业耕作十分发达。考古证明,我国南方地区最早在一万年前就发展起稻作农业,北方中原各地在八九千年前就已发生粟黍的农业。可见华夏民族稻粟种植的历史已经十分久远,生业形态自远古以来就以农耕为主,这是他们认为最为稳定可靠的维生手段。因此,华夏族群历来敬畏自然,注意水土保持和生态环境保护,注意人与自然的和谐共存。早在《孟子》一书中就讲到,"不违农时,谷不可胜食也;数罟不入洿池,鱼鳖不可胜食也;斧斤以时入山林,材木不可胜用也"。孟子反对乱砍滥伐、过度捕捞,倡导生态平衡、资源保护。这成为农耕民族的优良传统。

众所周知,农业生产需要稳定的社会环境,良好的自然条件以及和谐的人际关系,而这些在上古社会的人们看来是人力所难为,只能求诸天地神灵、祖宗先人,这就是他们崇拜自然神和鬼神的思想根源,由此而有了庄重而肃穆的祭祀活动。

从自身的生存和生活需要出发,先民们祈求、祝祷的应是生命安全、风调雨顺、五谷丰登、六畜兴旺、消灾除患,这些都是他们祈求天神地祇、祖宗鬼神赐福降祥的基本内容。这些也就可以理解三千多年前,传说中的箕子对周武王讲的治国方略"洪范九畴"中的五福,都是关于个人终身追求和修为的目标。当然,祈望是一回事,努力实现目标又是一回事,农耕民族相信努力耕耘才有收获,深知"稼穑之艰难",因此锻造出勤劳、勇敢、智慧、创造的优良品格,傲立于世界民族之林。

正是由于福祉思想和福文化有着丰富的内容,蕴涵着华夏民族对幸福生活的向往和对美好事物的赞颂,特别是用以表达对自己所亲爱敬仰的人的良好祝愿,因此成为中华民族共同的社会理想。

华夏民族之所以产生福祉观念和福文化,另一个社会条件就是儒家思想的影响。据研究,儒的群体出现是缘于祭祀祈福活动,因为上古时代王室、贵族的祭祀占卜活动,都需要专业的巫、史、卜、祝或贞人参与主持或辅助,都需要对占卜结果的"神灵"启示进行解读或诠释,这些专业的宗教神职人员就最初的知识群体,由于社会政治变故,他们流落到民间,成为后世儒家或诸子的初祖。

据记载,周公曾经"制礼作乐",为的是规范上层人物的祭祀活动和政治活动,乃至规范民间社会生活。"礼别尊卑,乐殊贵贱",上古社会是血缘统治,实行"世卿世禄"制度,非礼乐无以节制贵族的朝仪、祀典乃至日常生活。后世儒家的仁、礼精神也由此发端,福文化和福祉祈求中的人文理念也含蕴在其中。孔子绝少言福,这与他平时"不语怪、力、乱、神"的宗旨是一致的。他专注于人世间现实的知识教育与道德说教。

正是由于孔子为代表的儒家者流的坚持,在古代农耕社会中,延续了几千年的政治教化、礼乐教化、道德教化,塑造了一个勤劳勇敢、善良坚忍、文明诚信的中华民族。孔孟儒家倡导的"仁、义、礼、智、信"五常道德和"温、良、恭、俭、让""恭、宽、信、敏、惠"待人接物准则,成为千载良训,培养出无数志士仁人和君子之风。

三坊七巷。陈暖 摄

三坊七巷

● 郑秀杰

撑纸伞　闻丁香
三坊七巷
人流熙熙攘攘
聚合幸福时光
微雨下
一排排红墙青瓦
自晋唐出发

荔枝红　槐花香
浸染诗韵墨香的小巷
多少文儒贤达衣锦还乡
信步闲庭见证历史繁华

黄昏里　安民巷
一汪浅浅的月牙
出入平安

福州,绿色之城(外一首)

● 黄延滔

在福州,每一寸土地
都是绿色的,风扛着绿色
绿得耀人眼睛,绿得沁人心脾
此刻,我被绿色包围
以诗的名义为一座城市代言

伫立在城市的一角
我的内心是浩瀚的森林
就像春天的百花园
一簇簇的新绿,紧挨着
我的呼吸和心跳
鲜美,和谐,清新,动人

生态文明从这里出发
绿色,从这里出发
树木与花草,诗意和美景
从这里浩浩荡荡地出发

时光见证着季节的轮回
见证着福州人的信念与力量,激情与
热爱
是的,在福州
每个人都是点燃绿色的灯盏
都是城市森林里的一片绿叶

走在榕城的故事里

漫步青石板路
穿梭于老街古巷
你会发现
每一处宅院
每一座石桥
每一棵榕树
如同这城市的血管
流淌着悠远绵长的时光
有着讲不完的故事

远处传来的闽剧唱段
是那样的亲切熟悉
晨曦与落霞
风土和人情
一草一木一颦一笑
都在娓娓讲述千年的历史
与今天的传奇

走在榕城的故事里
你会从茉莉花茶的清香甘甜中
尝出这一方山水的空灵和诗意
多远的路都是顺着闽江水
最后抵达这一方心灵的家园
走在榕城的故事里
你就是故事的一部分

清香福城

罗锦生

出门走走,可赏心悦目。

福州市区可走之处甚多,家周边自然也不少,它们有的宁静,有的热闹。我比较喜欢热闹,不仅因平日被圈在办公室里,要接接人气地气,还因热闹之地,可见的事物更多。

周末的夜晚,当我走在三坊七巷,强烈的夏日阳光虽早被柔和的路灯取代,但石板路上的余热还在弥漫着。此刻南后街的游人,挨挨挤挤,不知为什么,人潮移到黄巷口时,总会停一会儿。

我是不急,本来就是毫无目的的闲逛。此时,夏风很善解人意,徐徐吹来,穿过人群,如一把熨斗熨过去似的,将一颗颗焦躁的心熨平静了。随之,一阵馥郁的芬芳随风潜入鼻息,清新爽凉,眼前顿然变得明亮。

这股花香味儿,我再熟悉不过了,是我曾经栽过采过的茉莉花。

到了黄巷口,终于看清了究竟,原来有人在路边屋檐下,摆个小摊卖茉莉花。那茉莉花盛在一个敞口平底的大盆子上,有的被装进一个个小网纱袋子里,有的散在外面,一粒粒花朵如脂玉般,洁白素雅。摊前围着一圈人,走了一圈,换一圈。它弥漫的馨香吸引了人们。美丽花儿该有的样子应如此,既要有夺人眼目的外表,又要有摄人心魄的香气。外表因为微小,容易被隐藏了,香气可借风传达,氤氲的气味便成为导航,精准地引人抵达。色与香又要刚刚好,太艳了,久观会觉得媚俗;太香了,久闻会觉得黏腻。如此,只能惹人喜爱片刻。

茉莉花采摘。林双伟 摄

　　茉莉花的色和香都是刚刚好的。

　　长成如此，并非茉莉花有什么特殊要求，它对土地不挑肥拣瘦，随遇而安。在田野大地上，在阳台的花盆里；在逼仄的墙根下，只要有土壤的存在，剪一段插入，或连根带枝栽下，稍作休整蓄能，它就能抽枝散叶开花。无论是黑土地、红土地，还是黄土地，它长出的叶儿一片片都是碧绿碧绿的，开出的花儿一朵朵一律洁白无瑕、清新淡雅、芬芳四溢。

　　"香中别有韵，清极不知寒。"梅花香自苦寒来而受人称赞。漫长的冬日，伴随着的是萧索、凄凉。尤其那呼号的寒风，令人惧怕，刻骨铭心。

　　其实，南方的夏天也很难熬，这个季节的阳光，热烈到亢奋，火速把一座城烘焙成"火炉""蒸笼"。因此，夏天有了"酷夏""苦夏"之称。炽热与寒冷同样蕴藏着杀机，好些花花草草，若没及时遮阴和浇水，便在烈日下蔫去，随之香消，枝枯叶落。

　　烈日下的茉莉花，却有寒风中的梅花的风骨。阳光愈烈，开得愈盛，色泽愈亮洁，香气愈清雅。要说寒风中绽放的梅花，在萧瑟的冬天给人温暖与希望。那么酷暑中盛开的茉莉花,是在炎热的夏日给人清凉与宁静。二者可谓异曲同工,平凡中见珍贵。

福州人干脆将茉莉花掺进茶叶和咖啡里。它那清新淡雅的花香,与绵柔的茶香、焦浓的咖啡香融合在一起,相互成就。于是,轻轻抿上一口茉莉花茶、茉莉花咖啡,即感世外桃源与城市繁华并存了——幽远却不孤寂,高洁却不冷僻。心随之静下来,身便也凉下来。美妙的治愈力,蔚为经典风潮那是自然不过的了。花中清凉解暑之元素,就在如此喜乐享受中,悄然潜入体内,护佑人们平安度过炎炎一夏。有福之州,福气满满。

中国人有以物明志的传统,当人们喜爱一件事物的时候,往往是要将这件事物的优良品性作为自己人生的操守准则。比如苏东坡、郑板桥爱竹子,是以竹子的高洁刚挺精神风貌作为自己的处世原则。福州人将茉莉花尊崇为市花,广为种之,是爱其洁白无瑕、清新脱俗、朴实芬芳的品性,人人赏之闻之食之念之敬之,给这座城的烟火气注入了清新芬芳。令我这个外乡人,倍加喜爱这片土地了。

福州：第二口美味

● 陈文波

对于刚到榕城的外乡人来说，至少，对于我，福州的饮食真是一个让人又恨又爱的存在。

这里的饮食偏甜，就算炒个青菜，也会搁点糖。郁达夫就曾说："福州食品的味道……简直是同蜜饯的罐头一样，不杂入一粒盐花。"

福州人的口味也偏淡，去吃宴席，一上菜大多数都是汤汤水水，力求原汁原味，让许多重口味的爱好者直呼"口中淡出鸟来"。

事实上，在我看来，福州的美食大抵都是"第二口美味"。正如过日子要找耐看的"第二眼美女"一样，日常的饮食，福州菜是再合适不过了，第一口可能不太适应，时间长了，你会慢慢喜欢上这种平常味道。汤汤水水里，其实是原汁原味的真味，在清淡的调味中，讲究的是少盐的健康。至于那爱放糖的习惯，现在已经改良很多了，如果你真不喜欢，只要跟厨师说上一声，他们肯定从善如流。

福州，这座城市是包容的，不排外也不傲慢，福州话、闽南话、客家话、莆仙话，和谐相处；这座城市是市井的，有足够的人间烟火气，既有佛跳墙、鸡汤氽海蚌这样的国宴大菜，也有拌面扁肉、鱼丸肉燕那样的街头小吃……

海纳百川，美味是福。

（一）

知道佛跳墙的人很多，但知道佛跳墙属于闽菜的人却少了。《新周刊》在2012年美食特刊《我们星球最美的食物》中也犯了错，将佛跳墙划给了粤菜。

在福州,佛跳墙是一个传奇,是这座城市饮食的象征。从江湖地位上来说,类似于少林寺的易筋经、华山派的独孤九剑、逍遥派的北冥神功,是需要饕客们高山仰止的。

关于佛跳墙的故事有很多,诸如乞丐残羹乱炖、富家女山珍海味一锅煮、高僧闻香跳墙等等,非常有传奇色彩,但听听就好。比较靠谱点的说法还是源自清朝光绪年间,当时福州官银局的一个官员为了讨好福建布政使司周莲,下了大血本,由夫人下厨,将鸡、鸭、肉等20多种原料放入绍兴酒坛中,精心煨制而成荤香的菜肴。周莲尝后赞不绝口,事后,命衙厨郑春发参观学习。回衙后,郑春发精心研究,在用料上加以改革,多用海鲜,少用肉类,效果尤胜前者,称为"福寿全"。

后来,郑春发自己开了"聚春园"菜馆,一天,几名秀才来馆饮酒品菜,堂官捧出一坛菜肴到秀才桌前,坛盖揭开,满堂荤香,秀才闻香陶醉。有人即席吟诗作赋,其中有诗句云:"坛启荤香飘四邻,佛闻弃禅跳墙来。"佛跳墙就此定名。

当年那个取名的秀才,今天已不可考,但不得不承认的是,佛跳墙这个菜名给人太多的联想,活色生香,美味呼之欲出。北冥神功是逍遥派头号绝学,吸取他人内力以供己用,佛跳墙是闽菜头牌,吸收山珍海味的特点,以文火功力,化为一盅天下至尊美味。两者有异曲同工之妙。所以吃闽菜,怎么能不吃佛跳墙?

当然,也有人说,也只有在福建,才能找到那么多丰富的食材,将海参、鲍鱼、鱼翅、花胶、鸽蛋、花菇等十几种奢侈材料炖成一坛。更难的是,食物本来相生相克,佛跳墙却能将各自味道中和起来,只留下醇厚美妙的滋味令人咂舌,这其中的功夫,难怪能登堂入室,成为国家级非物质文化遗产。

从某种意义上说,佛跳墙也像极了福州这座城市的性格:海纳百川,有容乃大。闽东人、闽南人、莆仙人、客家人云集在这座省会城市,不管以前说什么方言,城市里最流行的还是普通话。要中和这么多的方言,这座城市没有魅力可不行。

郭德纲讲相声的时候说,你不能指望在麦当劳吃佛跳墙。麦当劳是快餐,当然炖不出功力深厚的佛跳墙,而正宗佛跳墙自然也是价格不菲,几百元一小盅让不少人望而却步。于是,坛烧八味就出现了。坛烧八味也是闽菜中一道名菜,但与佛跳墙比,就如同化功大法与北冥神功,有云泥之别。坛烧八味有小佛跳墙之称,选料主要是鸡、鸭、猪蹄尖等八种料,做法与佛跳墙类似,味道也类似,但与正宗相比,终究还是差了点神韵。毕竟,在什么都是快餐化的今天,一盅汤汁满满,饱浸着功夫和感情的佛跳墙是多么可贵。

(二)

今天,福州台江的上下杭街区已经发生了巨变:修葺一新的古建筑,颇有情调的咖啡馆,来来往往的如织人流……

偶尔,还是会有一些老福州在怀念曾经:老街坊的深厚感情,老街上的市井家常味道:锅边糊是用柴火烧的大灶煮的,喝起来有点烟火味;耳聋伯的元宵已经吃了几十年,弹牙而不粘牙;拌面店用的是猪油来拌面,吃起来就是香;还有煎包、黄米糕、肉燕、鱼丸,哪一家店不是开了十几年?

位于台江的上下杭毗邻码头,一直以来就是福州的传统商业中心,当年,这里会馆云集,在这里,可以找到最传统的福州货,也能寻觅到最正宗的福州味道。老福州们怀念曾经历史痕迹的同时,也是在怀念福州味道中的虾油味。在他们看来,形容正宗的福州味道莫过于一句"浓浓的虾油味"。

虾油,又叫鱼露,是过去福州人家常饮食必不可少的一种佐料。在老福州人看来,盐叫作盐,虾油则叫作咸,而且虾油有比盐巴鲜美得多的味道。只不过,这个味道不少人闻起来是又腥又臭。但在生活在海边的福州人,早已经将这种腥香味融入了自己的基因里了。他们喜欢虾油,喜欢虾油的腥咸的香味,那是一种古老而熟悉的味道,是属于福州的DNA。

尽管现在吃虾油的人少了,虾油的制作技艺也被列进了非物质文化遗产保护起来,但追求传统,寻觅古早味的人依然少不了虾油。没有虾油,就难以下箸。而在福州街头的食肆小店,虾油依然是必备的调料,就连传统筵席上必上的太平燕,至今还有地方习惯要放上一勺虾油。

如果说虾油是市井民众认可的地道福州味,那么红糟则是福州厨师手中不可或缺的必杀装备。

所谓的糟,其实就是酒渣,红糟是用红曲酿酒的副产品。福州人使用红糟当来自中原。当年王审知入闽,也将中原的红糟传入了八闽。在宋朝时,红糟就已经被用到了福建的菜肴中。今天,大江南北,唯有福州还在大批量地用红曲酿造青红酒,红糟在福州菜肴中的广泛运用,就不足为奇了。美食家王世襄先生就对闽菜中的红糟相当推崇,认为这是真正纯天然的添加剂,比那些个人工色素好多了。事实也是如此,红糟菜肴不仅好吃,还有降胆固醇、降血糖等功效。

红糟的使用诞生了一批福州名菜,淡糟香螺片,这是刀工和调味的完美结合,螺片需薄而不断;醉糟鸡,更是将酒香与糟香和谐地调和在一起;此外,煎糟鳗、糟黄瓜鱼等等,基本上各种食材都可以用红糟处理。至于名满天下的荔枝肉,正宗的做法则是直接用上了红曲调色。

在福州,不管是下里巴人的虾油鱼露,还是有点阳春白雪的红糟,在这座城市里,都能找到适合这些味道的人群。正如有三坊七巷,必然也有上下杭。而在街头的转角处,都会有美食被发现。

(三)

福州是个温和的城市,也是包容的城市,这包容,体现在饮食上,就是能调和诸味的汤。

王世襄说:"从营养的观点出发,闽人始终把烹调和确保质鲜、味纯、滋补紧密联系在一起。通过精选各种主辅料加以调制,使不同原料的腥、膻、苦、涩等异味得以消除,保留下来的恰好是汤味各具特色。"

这里靠海吃海,从昙石山考古遗址发现的陶鼎和连通灶来看,福州人吃海鲜很早就从烤食转入煮食时代。直接导致福州菜的特点是以煮食的汤汤水水偏多。

从来没见过福州人这么爱与汤打交道。

从街头小吃开始,搭配海蛎饼往往是锅边糊,吃个拌面总要配个扁肉或者肉燕;捞化要有好的配料但更少不了高汤;牛杂和牛滑讲究的还是汤清;福州满大街的清汤面,顾客盈门的关键也在一个汤字……

在酒楼排挡中,汤也是必不可少的。可以这么说,福州的汤,是闽菜的灵魂。

福州菜的汤跟广东的煲汤不同,既有原汁原味,也有变幻无穷。很多汤外观看清澈透明,平平淡淡,口感却是鲜美无比。福州菜里的汤最擅长调和,将看似不相干的食材完美的组合在一起,所谓一汤十变。

上过国宴的"鸡汤氽海蚌"就是一道高汤氽出的闽菜佳肴。食材是被称为"西施舌"的长乐漳港海蚌,用刀工切片,放入沸水锅氽至五成熟取出,加绍酒腌渍片刻,滤干酒汁,盛入汤碗;吃的时候,再用煮沸的高汤冲就,达到眼看汤清如水、食之爽脆鲜嫩的效果,那鲜美浓香的味道让人难以忘怀。

在福州人的生活中,最重要的一道汤菜当属"太平燕"了。太平燕是主角是肉燕和鸭蛋,肉燕乍一看是馄饨,实际它的皮大有讲究,是精选猪瘦肉,用木棒一槌槌"揍"成肉茸后,放入上等甘薯粉搅拌均匀,再压制成燕皮的。至于鸭蛋,因福州话里鸭蛋与"压乱""压浪"谐音,寓意"太平",而又有"太平燕"之说。太平燕是婚礼酒席上的必备菜,这道菜上来的时候,鞭炮齐鸣,新郎新娘就可以起身敬酒了。

南方的城市,总有一块地方是属于大排档。福州也不例外,甭管夏天冬天,哪怕刮风下雨,大排档总是充满着人间烟火的气息。大排档里往往没有菜谱,就着材料唰唰地点,基本上都能囊括当地的名吃。而酒酣耳热之时,也少不了来上一盆海鲜酸辣汤。

福州人还喜欢一种汤,这种汤喝不得,却也深入到福州人的日常生活中。

福州地下水资源丰富,市中心就有温泉,老福州不叫温泉,就叫汤。这是古汉语的叫法,日常生活中,福州人最爱洗汤。恐怕世界上找不到像福州这样的城市,家门口就有温泉,泡完出来,趿拉着拖鞋,头发还没干就已经到家了。

难怪说是有福之州,住久了,真的就不想离开了。

炖罐。陈暖 摄

在三福绿道上（组章）

● 蔡立敏

1958年10月，东张水库建成，改变了福清"十年九旱"的面貌。2017年，东张水库更名为"石竹湖"。2020年，一条依山傍水、蜿蜒曲折、怀抱石竹湖、长达26公里的"三福绿道"建成，犹如七彩飘带，把"石竹湖"及其沿岸的自然、历史、人文景观串珠成链……

石竹湖

60年前，一串枯燥的数字，撼山截水——

1957年11月动建，一年后建成，库容2.06亿立方米。淹没54个自然村、面积15平方千米，迁移2804户12115人。涌现出3000多个功臣单位和个人……

目光穿透这块巨大温润的翡翠，数字背后的身影鲜活走来，峥嵘岁月就在眼前。红旗猎猎，号子震天。智慧、汗水、热血、牺牲，一幅幅热火朝天、只争朝夕的大会战画卷，一个个干群一心、军民协同、只问奉献、不计报酬、攻坚克难、顽强拼搏的感人事迹，汇入百废待兴的中华大地上一卷卷连绵不绝、波澜壮阔的恢宏史诗！

告别"十年九旱"，玉融大地绿意盎然，枝头上累累硕果在饱经风霜的年轮里尽情绽放。

从东张水库到石竹湖,一个华丽转身,初心继续书写在绿水青山之间,"三福绿道"环湖而生,串联艰辛的求索、博大的襟怀、顽强的拼搏以及美好的畅想……

"三福绿道"向未来走去,盛世如虹。

三福绿道

福建福州福清,福山福水福地。

以"三福"之名,一道彩虹从天而降,穿过山林、湖畔、绿野、村庄、花海,环抱石竹湖,孕育绿色的梦想。

在"三福绿道"上,应峰寺、宋窑遗址、移民公园、小石林、百叶溪、古榕广场、白鹭滩、香山"小洱海"、特色民居、白爻公园、滑翔基地……点点星辰,连缀成七彩珠链,绵延不尽的旖旎风光,挥洒天人合一的宏阔境界。

在"三福绿道"上,石竹山、南少林寺、新石器时代遗址、灵石山国家森林公园、东张古街,焕发青春活力;祈梦文化、"接春"习俗、南少林文化、煎茶文化、宋窑陶艺、竹编技艺,福泽八方;九重粿、红粿、炒糕、发糕、腐片、道桥豆腐、紫菜饼、砂锅鱼头,撩拨游人味蕾……挽起历史、当下与未来,一条融汇红色、绿色、古色的全域旅游线路,辐射出绿色发展的宏大格局。

"三福绿道"啊,借鲲鹏视野,站在未来的高度俯瞰,我清晰地望见自然、生态与人文和谐发展的新蓝图。

应峰寺

盛唐的香火,在三根斑驳的石柱上眺望,不曾熄灭。

古道一直在生长,马蹄声碎,红尘孤寂,直到风霜落尽,繁华无边。

禅的词典里,找不到枯荣忧喜。多少高德先知、帝王将相、达官显贵与贩夫走卒一样,各自怀揣盟约,在时空中穿梭。内阁首辅的感叹,纷纷扬扬弥散在风中……

机缘恰巧的时刻,我被一段往事唤醒,站立在时光的镜头之外。眼前,簇新的寺院钟磬浩渺,凝固着现代人的虔诚,已成一道风景。

近在咫尺的石竹湖,涨满烟波,水面上梵音缥缈,摆渡者的身影依稀可辨。

修行人从寺院前的古道步入"三福绿道",继续修炼一颗纯净的心。

宋窑遗址

东南一隅点燃的炉火,让惜墨如金的史册记住了东张,渐渐泛黄成遗址。

在烈焰的狂欢中涅槃,原始的期盼,揉进松散的土,修成一方黝黑的精灵。

灵动的瓷,捧起一滴水,烹煮大宋奢华风月,愈酽愈浓。端起、放下时光的沉沉浮浮,山光水色流过唇间,深情地凝望海的那一边……

与海相连繁忙的无患溪,融入石竹湖的浩渺烟波。先民筚路蓝缕的身影、海上丝绸之路上猎猎风帆,化作千年召唤,默默守候一方沉寂。

召唤千年,我终于来了。翻捡满地凌乱,偶尔有一两片残破的梦,在我的指尖聚拢,聚拢曾经的繁华与没落、忙碌与收获……

残破的瓷啊,触摸你依然光洁的肌理,宛若接过陆羽的那盏清欢,草木葱茏。一个王朝的背影温润如玉,缕缕袅袅的悠远,从清明上河图中走出,铺陈一段传说。

我,无限神往。

古渡头公园

冠之以"古",依然是青春的模样。

不忍离去的车水马龙在崭新如旧的青石上流连,修复着岁月爬上额头的沟沟壑壑。往事隐入一段碑文。水面下的故园时时萦绕梦乡,高擎着儿孙一路前行的航标。

纪念。为了一次义无反顾的淹没。以"古渡头"的名义,用一个花团锦簇的公园留住一段燃烧的岁月。

聚合。音乐响起,季节的风霜张开绿色的希冀,夕阳红的舞姿与姹紫嫣红的芳华,一样精彩。每一次律动,都是后来人最深情的守望。

目光在澄澈如镜的湖面划开一道波痕,激越的汽笛在连绵群山间飘荡,催促声声。我持一张旧船票漫步"三福绿道"时,当年的你已从古渡头登船,正凭栏远眺。

古榕广场

湖边,站立着170岁的古榕。根须深扎大地,虬曲向上。

一棵树,一个广场,荫庇方圆数里。几朵蓝色的云,停在树叶的缝隙,清冽、幽远;参天的绿意,古老、宁静。三两只暮归的水牛,几栋稀稀疏疏的石头房,框住一帧帧绝美的山水。

踩着往事的苔藓,拾级而上。我的目光久久驻足于夕阳下一片辽阔的光影。风吹来,每一片哗哗作响的树叶,都写满历史,裸露沧桑;一地碎银漾起,在我的脚边跳跃,引我踏进一段古老的光阴……

榕树下,一群都市倦客,卸下风尘。一壶咖啡、几杯清茗,奔腾的时光慢了下来。

待到夜色阑珊,在石竹湖清凉的水里,打捞返璞归真的月色,捡拾久违的星光,再截取一段袅袅炊烟,抚平心底那一缕乡愁。

这"三福绿道"上古朴的广场,独立于喧嚣之外。牧养一种回归、一种抵达,以简约、自然的方式回归、抵达身体休憩和精神满足的自由之境。

香山"小洱海"

痴迷于一个传说,我倾心追慕你。

与你四目相对,我苍老的心泛起青春的涟漪。静若处子、温婉可人的美神呵,我惊艳不已。许是香山寺钟磬香火氤氲旖旎,你又缥缈迷离,我景仰的思绪生成连绵远山上一抹蓝云。

夕照如血,远山苍翠,水面上跳跃的七彩丝线、长椅上依偎的背影,不期然地闯入我的镜头,定格生动的背景。

湛蓝无涯,豁然开朗,那抹蓝云,从彩云之南飘来,苍山洱海美丽的传说再次演绎,长椅上白郎玉女深情款款,水那边的坝头畅叙新的生活,"三福绿道"上铺满绿色的玉、白色的玉……

夕阳归去,月色下的人间柔情似水。

小石林与白鹭滩

不甘于平庸,一对石头兄弟依依惜别,奔赴心中的风景。

登山。一池波光潋滟留住你跋涉的脚踪,直到儿孙满堂,为峰、为柱,或立、或卧,似静思、似远眺,远近高低,情态各异。风自远古赶来,吹过鸟鸣,吹落种子,草木茂盛起来,尖锐的棱角温润起来。睿智的隐者,低于日渐生长的绿荫,偶尔在月朗星稀的夜,把坚忍的思绪谱成片片柔肠,向不知名的虫鸣倾诉天籁。

涉水。一泓晶莹澄澈飞花溅玉,舞动风舞动水,梦想铺满浅滩。不论丰枯,你总呼朋引伴,夕光下白鹭翩翩起舞、清凌凌的游鱼弦歌不辍……邀约兰亭、滕王阁、香山、西园,一起曲水流觞、烹泉煮茶、吟风弄月,湖光山色间,别开生面的雅集艳羡古人。

寻觅风景的石头兄弟,已然成为风景。

经年之后,思念潜滋暗长。飞渡一道彩虹,惊回首,兄弟只隔一山一水。

从此,山水相携,天地永恒。在三福之地,"风雨对床"的约定,平添一段新风雅。

有福之州　江海福韵

西湖边的猜想

●陈进

　　从小就知道两个西湖。一个是天堂,存在于淡妆浓抹总相宜的传说中。一个在身旁,行走在前后左右的春夏秋冬。

　　此西湖非彼西湖。面积不如,名气不如,人气也不如。远方的那个,目光所及就有各种故事可以细讲。身旁的这个,走着走着总会踩出不被设计的许多猜想。

湖域面积不大，水波不兴，可以双手环抱。凭栏鉴水的时候，不会想着豁达淡然，宠辱不惊。大梦山近在咫尺，微耸漫斜，方便侧卧倚靠。登临远眺的一路，也不会感叹不以物喜，不以已悲。小径赏花，湖边瞎想，饭后散步，夏夜纳凉，这里就是家门口的简简单单。

　　对面的车水马龙、广场舞和大家唱，还有学校的，小区的，卖场的，写字楼的，我都侧身聆听，声声入耳。福建会堂、博物院、美术馆、熊猫世界、教育学院散落其间，我也凑个热闹，事事关心。

　　这么多年的来来回回，最经常穿过柳堤。直通通的，不宽也不长，整齐种着两排柳树，左右相对，有点时光隧道的感觉。两棵相邻柳树间的每个分隔都可以成为一张天幕，每次经过都允许我设计一帧画片，妙想漫天。

　　一帧留给镇海楼的月，一帧留给西酒的夜，一帧留给大梦松声与西禅晓钟的和鸣，一帧留给鼓岭与旗山的剪影，还有若干留给这座城市的柴米油盐棋牌茶话，剩下的可以是一些人一些事，随想随画。我会藏匿几帧空白，留给即将发生的美好，静待破土而出的花花草草。

长堤卧波，垂柳夹道，风景如画的西湖公园。陈暖　摄

湖滨路,湖头街,通湖路,卧湖路,下班晚高峰回家的路,都是堵车的路。好在,无论走哪,最后一段都黏着西湖,烦躁的心境多少得了些安抚。如果一定要问怎样的堵车可以接受? 只能是:黏着西湖的,最好还是冬日下班时。

　　一路缓行,挪到能够看见西湖,有了湖面摇曳灯影的加持,车载电台就有意想不到的彩蛋。几句独白、一段旋律或者某某歌词,瞬间就能砸碎工作时竭力坚守的矜持。回想以前的他、她、它,断想明天的他、她、它,直到入库熄火还意犹未尽,车窗隐约遗余音容笑貌。发呆片刻,下车,上锁,悻悻而去。

　　喜欢一处小景,荷亭晚唱。一亩见方的池沼,中有水榭曰"荷亭",周围几棵古树,还有几排新栽的,普通到被游客忽略的八景之一。没有易水的凛冽,没有阳关的风沙,也没有桃花潭的歌踏,这里一百多年前还是古驿道的迎送处。作个揖,抱一下,把交情摊薄,夹进小本本里,二十年后回头翻阅,就知道哪些是无可替代。

　　看着新栽的树木一年年快速成长。树也和孩子一样,扎扎实实、立立挺挺地往上生长就是了。勃发的枝干循着梦想伸向天空,拨弄来往的云,整理落下的阳光雨露,让草坪与荷塘记录着春夏秋冬。

　　常有几位依姆依伯,弹唱闽剧,他们倾情投入,咸咸的闽韵,一片海的味道。我倚着栏杆,听得似懂非懂。薄雾渐起,夕阳斜散的时候,浓浓的虾油腔里弥漫着奶奶牵着我逛西湖的懵懂。也会突然探出头去,吓唬荷塘里的小鱼,看到它们惊慌失措的样子,总有恶作剧得逞的坏笑,分分钟回到小时候。

　　我曾设计游走西湖的方式,三十六种。拖鞋溜达,是我的专宠。

　　拖鞋,履也。不要皮鞋的体面庄重,不要运动鞋的服帖助力,也不要板鞋的系带抠帮。拖鞋的直接,无出其右。走在鹅卵石铺设的路面,反作用力产生的刺痛感通过脚底传遍全身。日子久了,刺痛渐渐柔化,变得细腻丰富,绝不重复。身体开始学会理解这些触碰,慢慢懂得阅读时间的反馈。

　　人生就是脚底的鹅卵石。从山上崩裂,滚落到河里,总在做减法。任时光流淌,抹平身上的伤痕,磨掉心中的名欲。须臾尘世,留下坚净。我想,这就是石之美者,玉也。

天下西湖三十有六,别号"玉西湖"的,就在身旁。

玉不要大,温润第一。把握摩挲,能够放置于手心的,是刚刚好。还必须拒绝无暇,就像少女脸上有个几点小痣,是绽放的胡思乱想,冲破束缚,明明白白写在脸上,毫无违和感,令人倍加珍惜。天然淳朴,约略西施未嫁。

福果

林舒

"一粒橄榄丢过溪,对面依妹是奴妻。京鼓花轿定着了,是哥没钱放着捱。"听到福州这首经典传统民谣,眼前便会浮现出小桥流水的景致:在清清闽江边的一片橄榄树下,一群青年男女在劳作间隙嬉闹了起来,你方唱罢我来和,悠扬小调把相思寄予这小小一枚橄榄,顺着闽江,飘到海峡东岸,飘到世界各地。

我的舅公早年就远离家乡,旅居海外。多年后回来省亲,念念不忘的是去寻橄榄。店家推荐了多种口味的橄榄,他都不满意。当最后见到青橄榄时眼神都不一样了,像是老友重逢。放到嘴里一咬,脸上的皱纹瞬间舒展开来:"就是这个味!"

舅公跟我说,这是"福果"。"不是橄榄吗?""是,但我们都叫它福果。"看到我一脸的好奇。舅公告诉我,就像现在福州的市树是榕树、市花是茉莉花、市果是福橘。因为橄榄是福州的代表性水果,也是一种市果,所以称为福果。

舅公对福果的特殊感情,让我不禁感慨。历史上,许多福州人选择背井离乡、过番越洋谋生。陪伴他们前行的记忆行囊中,总有一枚家乡的"福果"。

橄榄是亚热带特产,原产自中国南方,主要产地分布在闽江下游两岸,以闽侯、闽清两地产量最多。后传至两广、台湾地区,乃至东南亚各国。福州民间有"大暑啖荔枝""白露食龙眼""十月橄榄真值钱"的说法。而"桃三李四橄榄七"则是道出不同果树开始结果的年限,说的是橄榄要七年才能挂果,成熟期在每年的十月,产量也分大小年份。现在为了提高果实品质,许多果树做了嫁接。过去橄榄的品种不少,有"长营""猪姆""羊矢""檀香"等等,"长营"最多,但相对苦涩;"猪姆"个大汁多,适合做蜜饯;"羊矢"个小但也较涩;"檀香"个小脆香,产量最少,药用价值也最高,早在唐朝就被列为贡品。唐白居易《送客春游岭南二十韵》有句:"面苦桄榔裛,浆酸橄榄新。"

　　橄榄有非常典型的先苦后甘特点。清福州作家魏秀仁对家乡福果做了高情商的演绎:"饷郎橄榄两头尖,上口些些涩未嫌,好处由来过后见,待郎回味自知甜。"北宋王禹偁用《橄榄》做了教科书式的描述:"江东多果实,橄榄称珍奇。北人将荐酒,食之先颦眉。皮肉苦且涩,历口复遗弃。良久有回味,始觉甘如饴。"

　　福果,有先苦涩后回甘的特性,蕴含"良药苦口利于病,忠言逆耳利于行"的道理。民间又称之为"谏果",陈衍《文笔山生圹记》就说其"圹旁一谏果大可荫亩"。《齐东野语》记载,橄榄是"谏果""忠果",因为它"始涩后甘,犹如忠言逆耳。"和历代忠臣苦谏的耿直性格类同。王禹偁《橄榄》诗,首次用来类比忠臣谠言。这一譬喻非常生动妥帖。

　　橄榄又名"青果",因其从结果到成熟,果色始终是青色的。《本草纲目》记载橄榄味甘酸,性平,入脾胃肺经,有清热解毒、利咽化痰、生津解渴之功效。橄榄的加工方式有"蜜渍"和"盐藏"等。蜜渍的橄榄被称为蜜饯,是孩子们最爱的口味。盐渍的橄榄称为"橄榄咸",食之易开胃也刮油,用开水冲泡或炖汁还有消积化气的作用。橄榄炖肉也是福州常见的食疗做法,有舒筋活络之效。但说到独有的烹饪方式,还数把生橄榄锤扁,用福州特制的红糟腌制后上桌,这是老牌本土饭店的风味前菜,颇具特色。

　　初尝橄榄是淡淡苦涩,之后却是悠远的回甘和清香,这种欲扬先抑的反转滋味,是很让人惊喜的特殊体验,每个品尝过橄榄的人都忘不了。从小就听老人们念叨的"苦尽甘来""吃得苦中苦,方为人上人",就是希望子孙后辈能通过刻苦奋斗去赢得鹏程万里。"福果",即是因其为有福之州的特产,同时也有着幸福吉祥的美好寓意。特别是福州海外乡亲,他们说"福果",就是希望记住家乡的味道,就是希望告诉后人不忘创业的艰辛,只要付出就有回报。通过这福气满满的称呼,传递着游子们对家乡故土的眷恋与祝福。

烟台山芳华

● 何金兴

沿着福州城的中轴线,从北到南依序分布着三坊七巷、上下杭和烟台山三个历史风貌街区。用闽派的气质来比喻这三张名片,如果说三坊七巷是士大夫,上下杭是商贾,那么,我更愿意说烟台山是秀外慧中的知性女子。

桃李不言,下自成蹊

"仓前山差不多一座花园,一条路,一丛花,一所房屋,一个车夫,都有诗意。尤其可爱的是晚阳淡淡的时候,礼拜堂里送出一声钟响,绿荫下走过几个张着花纸伞的女郎。"彼时的烟台山,已颇具"万国建筑博物馆"之势。得益于女校办学的兴起,当地的女子陆续走出深闺,许金訇便是最早一批的代表。

1866年生于烟台山的许金訇,12岁进入毓英女中学习,18岁作为福建省第一位女留学生赴美学医,1895年学成归来,成为中国第一位女博士。她深知肩上的责任,热心回馈生于斯长于斯的土地,不仅表达男女平等的观念,鼓励女孩接受教育做独立自强的人,还用精湛的西医术,专给妇女儿童看诊。1895年,她参加了世界妇女大会,成为中国第一位参加国际事务的女代表。

许金訇溘然长逝那年,另一传奇女子王世静接过华南女子文理学院校长之职。

走进华南女子文理学院旧址,我常会被它法式新古典主义风格的设计所震撼,古朴的红砖墙体,飘逸的飞檐翘角,藤蔓爬满拱廊,阳光洒向木质的百叶窗。恍惚间,在罗马拱廊下,在紫藤萝低垂的石柱前,有女生着蓝色竹布上衣,下着黑裙,手捧书卷,正津津有味地阅读。都说建筑是时间的凝固,我说建筑让我们捕捉到流动的光阴。

华南女院是外国教会在福建创办的第一所高等学校,也是中国最早兴办的女子大学之一,从第一届的三名毕业生到后来的桃李满天下,那些青葱岁月的女性遵循"受当施"的校训,奔赴积弱中国的各个岗位,成为各行各业女性解放的先驱者。更有许金訇、余宝笙、周贞英等人,选择留学归来反哺母校。在晦暗的年代,烟台山的女校们名声鹊起。

在华南女院迁至南平期间,校长王世静不仅在艰苦条件下办好学,还带领师生积极参加抗日救亡募捐工作。为后援古田大湖阻击战,她们连夜包装食品,并在每袋"光饼"中间都夹写给士兵的短笺,鼓舞士气。那张在南平黄金山简易教学楼前的合照,让我为之动容:一群身着粗布长褂的女生,整齐肃穆地排成区队,短发下清瘦的脸庞,尽管尚未摆脱稚气,而眼神却异常坚毅,身姿超乎挺拔。她们同仇敌忾,誓用娇小的身躯顶起这风雨飘摇的国。

梨花深处即故乡

"那里有梦中时常出现的三口并排的水井,母亲总在井台上忙碌,她洗菜或洗衣的手总是在冬天的水里冻得通红。"谢冕先生在《消失的故乡》中不无深情地描述烟台山往事,淡淡的乡愁弥漫于字里行间。而我的外婆,却在及笄之年,不得不选择背井离乡,永远地离开与之童年息息相伴的烟台山。

那年,日本攻占福州,许多家庭让子女分散逃难去八县的农村。外婆和同龄的伙伴们趁着夜色,在山林间徒步急行一百多公里的路,细嫩的脚板都磨出血了。她们不知道,这一别,便是一辈子。

很难想象这些待在城里无忧无虑的少女,是怎样适应了乡村繁重的体力活和艰苦的生活条件,仿佛一夜之间,她们血脉中的勤劳、淑惠和坚忍,被提前激发了出来。外婆说她被当地一户人家收养,没过几年,就嫁给外公,前前后后生下了八个孩子,日子虽然紧巴了些,好歹也算安稳,知足常乐。等繁衍到我这辈后,就更热闹了,每到农忙时节,我们这些淘气包常被送到外婆身边，仿佛经她温润的手抚摸后，我们都能快乐健康地长大。

外婆毕竟受过烟台山人文烟火的熏陶，经常给我们讲她童年的故事。那里的房子高大宽敞，店铺里有令人眼花缭乱的绸缎、好吃的糕点；教堂的钟声会传到跑马场，那些金发碧眼的番仔说着听不懂的话；那里的花美得让人心花怒放，上山的一条梅坞路，种满梅花，每到冬日琼花绽放，赛似天堂……外婆终老于乡下，和外公葬在一起，还有她的仓前山之梦。她们这代人，离开城市，像散落乡间的星星，坚韧不屈的精神永远闪耀。一代人的命运，就这样与一个国的苦难紧紧相连，成为我们宝贵的精神财富。

如今的烟台山，经过保护式修缮，焕发出勃勃生机，东方与西方互补，古典与潮流并存。那排从行道树上垂下的灯带，宛若女子流苏的披肩，让烟台山更显柔情。

美哉！千园之城

园珍

清晨，旭日初照。远处，云雾在连绵的山间徘徊，层峦披着轻纱。我家小区附近的赤桥公园，晨练的市民打拳弄剑，挥扇练舞，快步行走，老人们随着音乐翩翩起舞，乐于其中。

公园原是赤桥村，建于2017年。公园以赤桥路为界分成东西两个园区，面积80多亩。西侧依山就势呈现乡村田园风光。夏日，我走进公园，游人熙熙攘攘，只见绿树葱茏，露水润草，鸟儿欢叫，夏蝉高唱；溪水潺潺，白鹭踱步，孩童戏水，捉鱼摸螺。小巧的水塘边几只可爱的小鸭子，正排着队跟着妈妈前行。小朋友抚摸着小鸭子，爱不释手。哦，那是不锈钢的卡通雕塑，生动有趣。往坡上前行，几层梯田，青草茵茵，三角梅、扶桑花争艳，鸡蛋花散发着甜甜的花香，红千层花如悬挂的串串鞭炮缀满枝头，彩叶橡皮榕等多个品种的榕树，须根飘拂，茉莉花开飘清香，红叶石楠、桂花等窜出红叶，让人欣赏夏日的精彩。这里树种花木繁多，形成四季不同的景观。

秋天是园子的亮点。鸡爪槭树姿优美，叶形小巧秀丽，红色鲜艳；美国红枫，带着秋的韵律，叶子由绿转黄而红，色彩斑斓。深秋，梯田上粉红色毛茸茸的粉黛乱子草花开，如彩色的地毯，分外妖娆，引得无数游人留影，小小的园内挤满了人。

园子地貌自然，不仅有梯田，还有几口乡村古井。瞧，前面井台边，一组铜雕惟妙惟肖：一位大妈正在用木盆洗衣服，乖巧的小女孩提水往盆里倒,小弟弟趴在妈妈的背上撒娇。好温馨的场景!园内木亭、古井、古厝、老照片、老榕树,述说着乡村的历史,展示了"乡村民俗"的风貌。

东侧园区则以木栈道、观水平台、湿地塘水为主,形成园林景观。一池碧水,翠柳垂丝,湿地绵绵,水草丰茂,水旁的粉、黄、红色的菖蒲花娇柔艳丽。水中一群白天鹅形态各异,正张开双翅欲飞蓝天。这是一组群雕,却栩栩如生,使平静的水塘富有灵气。一位爷爷带着小孙子在观水平台上,撒下鱼食,高兴地看水里鱼群抢食,好一幅祖孙逗鱼图。这里环境清幽,远离闹市,游人漫步其间,悠然自得。而这只是近年来福州新建的众多公园中的一个。

福州已是千园之城,每个公园都收藏着四季的美景。春天,于山幽谷兰馨,森林公园樱花烂漫,西湖公园桃花绚烂,牛岗山公园月季娇嫩;夏季,金山公园荷花娉婷,乌龙江湿地公园紫薇花红,茉莉馥郁;秋日,西湖公园菊俏清馨,千姿百态;冬寒时节,鼓山、金鸡山梅香山谷,云蒸霞蔚。

亲戚从国外来,我带他们游森林公园,与绿冠华盖的榕树王同呼吸;到南公园看长廊锦绣,亭阁俊逸,领略古色古香的园林美妙;去茶亭公园观红荷绽放,白莲清雅,渔戏绿叶;逛闽江公园览江岸旖旎风光……他们感叹,福州的公园太美了!福州人,身在福中!

后福"燕"福长

刘长锋

夏日的一天,新开辟的福州210公交车带去了城市的热闹与喧嚣,也把我带进写满人间烟火的福地。以"肉燕之乡"著称的后福是闽侯县青口镇的一个村。《后汉书·左雄传》曰:"容容多后福。"意为先容忍前面的苦劳,必有后来的幸福。也许,这是村名的由来吧。

这个村大多数村民姓刘,他们来自福州凤岗忠贤刘氏家族。几百年来,后福先民在这里辛勤劳作,哺育了一代又一代朴实、聪慧、能干的后福人。

车到站,映入我眼帘的是一幅美丽的山溪图:山村小巧玲珑,背靠金鸡山麓,房屋依山面水而建。村前秀美的梅溪,是造福一方生命的"母亲河",它汇聚了无数坑涧细流奔流而下,冲积出了数百亩平整宽阔的腹地。

"钟天地之灵气,蕴山溪之毓秀。"多少年来,溪水在徐徐清风中与时光一起静静地流淌,垂柳依依,点缀着五颜六色的山花。溪面碧痕柔波,银光粼粼,跳动着醉人的音符。

村头粉墙上有一排红色小字——2022年第二批福建省级乡村治理示范村,显得素朴、内敛而低调。尚干老街、沪屿古街就在附近,有各种特色小吃,不过,要说最有名的还是肉燕。

村里建有福州肉燕博物馆,这是一个集福州和后福肉燕史、"和""福"文化为主要内容的专馆。馆内以"福州肉燕"为媒介,聚焦后福村肉燕产业历史与发展,全方位展示后福村肉燕的制作工艺。

明末,肉燕制作手艺由浦城人姚金寿传入福州,清末,肉燕成为闽菜中的品牌小吃,著名的有同利肉燕、依海肉燕、双喜肉燕。

后福肉燕可谓后来居上,20世纪50年代,村人林登金邀请福州燕皮师傅,到后福村办起了燕皮加工厂。60年代末,后福肉燕闻名遐迩,闽侯县外贸局还在后福村召开了一次隆重的现场观摩会。1972年,后福村的燕皮师傅在南平市食品公司创立了"喜"牌肉燕。

改革开放后,后福肉燕生产达到顶峰。"快时似狂风暴雨,慢时似催眠曲",随着家家户户此起彼伏的捶肉声,后福肉燕销售至台湾、东南亚等地,最好的时候,一天销量可达两三吨。

如今,后福村成立了肉燕合作社,更加注重肉燕品质的要求,在馅料上做了尝试与改进,先后研发了香菇燕、虾燕、马蹄燕、鱼馅燕等精品。

有一种福叫"太平",后福肉燕魅力还在于具有"平安福"的文化内涵。它带着满满的福气,成为当地小吃的主流,在2022年福州市精心打造的闽菜文化品牌闽都福宴中,"福丸太平燕"脱颖而出。

"无燕不成宴,无燕不成年",家家户户逢年过节、红白喜事、民间家宴,必吃太平燕,祝福"太平、平安"。

肉燕,已是舌尖上的非遗。2007年福州同利肉燕制作技艺入选第二批省级非物质文化遗产名录项目,2022年,福州肉燕制作技艺(依海)获评第七批福建省非物质文化遗产,同时成功入选中国地标美食早茶早餐类名录。

如何保护、传承、弘扬肉燕福的文化,延续人们心中固守的那份"福"味,后福人仍在继续探索。

对于后福人来说,传承的不仅是肉燕手工艺,还有指尖上的匠心,以及流淌在血液里的勤劳和朴实。在大多传统手工食品都已经在流水线上复制的今天,后福村的十几户肉燕手工作坊里,仍在一年又一年重复着相同的捶肉声……

醉在福州

● 杨中增

饮一壶鼓山老酒
我醉在福州

持一方牛角梳
午夜时匠人细细打磨
晨光微亮已从鬓角梳到腰
让三千青丝绕指柔

撑一把油纸伞
漫步在三坊和七巷
在东湖尖看云起云落云散去
去五虎山听风声雨声读书声

折一枝茉莉花
舀上闽江水沏成茶
拿脱胎漆器杯
敬往昔变幻风云
数历代风流人物

拾一块寿山石
一刀一刀镌刻
藏在历史里的平仄
无论如何我们不能忘却

刻一幅软木画
山川草木虫鱼鸟兽
站在刀尖上写诗
然后，迎接东海第一缕阳光

绣凤凰(外二首)

阮宪铣

是谁什么时候,把图腾绣在衣饰上
穿在身上
欢喜的精灵
轻轻呼吸一口气,祖祖辈辈养育的凤凰
从心里,就飞翔出来

她们每个都携带日月星辰
蓝为天空,绿为草地,红为太阳
黑示庄严凝重
以方格绣农田、彩条绣江河、十字绣林木
如大地锦绣
五彩斑斓
山里的花草、林间的鸟雀
空中的云彩、雨后的彩虹
围绕着好看的腰身
把五世其昌、三元及第、招财进宝
这些明亮的词语
对唱得
如袅娜的炊烟,有凤来仪的吉祥

她们绣岁月
绣家乡
年复一年
直到每一个远足的人长出飞回去的翅膀

迎福

热闹千年的红色,喜庆辟邪
对联一定要选不褪色的

结婚要贴
乔迁新居也贴

同一处反复贴。厅堂,楹柱
门窗,直至红火

祝愿很旧。一定要福寿康宁
要吉祥平安

特别每天出入的大门喜气洋洋
等着贴上大菱形的福字

按祖辈传说,开春许个愿
哪一家就紫气东来,五福临门

剪纸

先是一个人愿望,后变得很多人
愿望。反复折叠
每到喜庆,或者春节
等了一年的喜鹊,便从剪刀的枝上
飞出一片欢天喜地

窗花、喜花、礼花、门笺
这些都沿着刀锋,开辟的隐秘路径
重回到古朴的村庄
清澈感恩的阳光,静静地溶解
喜气四溢的日子
从看不见深处的地里
长满容光焕发的花朵

双喜临门、百鸟朝凤、草木葳蕤
一个福字,有一百种长势和种法

置身这纯净透明的深处
剪刀正以根的姿势
在一年一度,最简朴的仪式中
耕种永开不败的莲花、仙草和节日的安康

仿佛今生即为永世
百年只为瞬间
古老的吉祥和幸福,触手可及

福游山水

山中,那一片湖水

● 朱谷忠

七月的一天,朋友老赵开车,带我去郊外的白眉水库闪游。老实说,在福州这座水网上的城市蛰居多年,水还见得少吗?因此去时,心里并不抱特别的期待。谁知,就是这次去后,白眉水库的水,至今还丰盈在我的心里。

那天早上九点左右,出门时,头上的云絮分明还遮不住天空,谁知出市区刚一会儿,发现天已逐渐暗了下来。抬眼望去,远远近近的竟然浓云逼人,随着车轮飞旋,迎面而来的便是那豆大的雨点,噼里啪啦砸了下来。四周,立即陷入一片白茫茫的雨雾之中。然而,没过多久,云卷云飞,天又放晴了,离福州约一个小时车程的白眉水库也到了。

下车,一座大坝出现在眼前:暗灰色的身躯,龙脊一般横卧在山峦之间,巍然壮观,固若金汤。拦蓄的库水,阔大深远,波纹漾漾。上游云烟缭绕,青山时隐时现,但仍透出了万物生灵在雨后崭新滋长的绿意,团团簇簇,深深浅浅,蔓延不尽,宛若一幅徐徐打开的水墨画。俯视坝下,闸门斑驳,飞流如注。泛黄的溪涧,双拥着两岸潮湿的青石和葱茏的乔木,畅快地向前流去。几朵野花,参差点缀在溪草之间,闪闪烁烁,极是撩人;时而,几只山鸟飞过,在一片空蒙和氤氲里,留下一串响亮的叫鸣。

带我前来的朋友老赵,军人出身,后成为一家报社的资深记者。他告诉我:这就是白眉水库,位于亭江镇山中的白眉溪中游。水库于1998

年开工,2001年竣工并投入使用。它的建成,不仅改善了郊区饮用水质和开发区投资环境,同时也解决了附近乡镇农田灌溉、防洪排涝等问题。如今这水库,已然是一座人工湖,水源充沛,水质优良,达到国家地表水环境质量标准,市郊居民也幸福地用上了生态水……

顺着老赵话声,我打量着四周,感觉有凉凉的风迎面吹来,湖面也隐隐泛起层层涟漪,这不正是古诗"高截碧潭长耿耿,远飞青峰更悠悠"的写照吗?就凭这,我觉得来值了。没想到,就在这时,向来说话直截了当的老赵,突然调换了嗓门,朝着我感慨地说道:知道吗?也许是我当时多次参加过这座水库建设的报道,后来每到这里,我都会想起我保存的有关资料和图片,真不知有多少人还会记得,当年,为了蓄起这一方水域,曾经生活在溪边的百姓,为了国家建设和供水安全,扒掉祖上盖起来的房子,锯倒篱院里的老树,蹲在残垣断壁前,吃下在老家的最后一顿饭,携幼扶老,迁到下游新的居住地,开始了新的生活。他们舍小家、顾大家,背井离乡,无怨无悔,用实际行动书写了可歌可泣的移民精神,可说是为市郊千家万户幸福指数的提升,呈献了大爱情怀。

老赵的这番话,听得我不住地点头。于是就这个话题,我们在边走边聊中,说到当年三坊七巷许多住户的搬迁,说到城中村竹屿、横屿、前屿、后屿的部分迁移,说到城市开发,繁闹地带上诸多木屋、窝棚的先后拆迁……由此叹道,福州百姓为城市建设体现出一种顾全大局的精神,无疑是值得铭记的。

福山福水福州城,多少追福造福人。眼前,这座沉稳、俊秀的人工湖,曾映衬过多少站在创造未来的源头上、树立超前意识的时代弄潮人。这么多年来,值得点赞的还有库区的管理人员,暑寒交替,多少日夜,他们以一颗颗朴素、坚韧的心,忠于职责,时刻值守、巡视、护卫着大坝和水质安全。都说,山有山言,水有水语,正是这一方山水,汇聚过来自四面八方的人,在这里奉献了血汗,奉献了力量,因此,记住这样的历程,留住这样的记忆,当可映照后人,衬托奋进的底色。

感叹中,仔细打量这座人工湖,心旌也像湖水般摇曳起来。不是吗?近看——天在湖中,远看——湖在天上。就在这水天一色中,我分明感觉空间和大地充溢着一种生命的律动。这种律动,看似轻盈,实则韧劲,它能使山坡葳蕤成一片翠绿;它能使树草绽放出灿烂的花朵;它能使奔走的动物,高飞的鸟群,消除难耐的饥渴;并以清静、温柔,洗濯与它相依相伴的一切。这就是水,它是世上的生命之源。到此,我与老赵达成共识:天下所有的水源,都是一片澄静和神圣之境。

沉思中走回大堤,感觉雨又落下了,在雨伞上敲出轻微的沙啦声。我回头一望,突然想到,湖底哪一处,还有老赵介绍的那个传说中仗剑远游的"白眉女侠"的踪迹?那水中岸畔,是否还残留着被纤夫绳索千百年勒刻过的溪石……

转瞬千年,换了人间。但白眉溪这一带山光非但不残,水色还更悠远。新的时代,新的气象,使人再也无暇叹息什么尘世如烟、逝波淡淡了。如今,人与水,水与人,和谐相处,交融互鉴;连四季的花开花落,也没了清愁薄绪;远古的幽怨,只停留在已经泛黄的文字之间。

终于,我把目光慢慢地收拢回来。我不能不感叹,这湖水,确有一种勾魂摄魄的美。这种美,既体现了一种野性自由,也体现了一种温柔灵动。因之,它的一草一木,一波一浪,都能让人心旌摇曳,思绪不尽。于是我和老赵又举起手机,不停地摁按着,想把我们看到的一切景物都摄入心间。

雨中的水库,青烟缭绕,仙气十足;迢遥的水路,清幽锦长,细波如银。都说,水能静心,心能净心,水影波光幻化出如诗如梦的意境,的确使人流连。这时,老赵对我说:好好看吧!有机会,你应当写点保护生态、保护清流的文章;因为,这是关乎代代子孙生息繁衍的大事。它需要每一个人,都拿出一份行动!

我一听,立即有模有样地给老赵打个敬礼:"报告'首长',保证完成任务。"说罢,两人相视一笑,哈哈的笑声,在山中传得很远、很远……

雪峰福路

● 吴晟

我家边上的"福道",夜里尤其醒目,灯如鳞甲道如龙,从闽江出水,沿金牛山,盘旋而上,上了好几回央视,似已名满天下。

而我老家大湖乡,也有一条"福路",对福州人来说,那条路并不陌生,但"福路"之名,却是我在朋友间偶然一说,似也不无理由。它是"福古线"靠福州一段,已得"福"之名,同时,亦载"福"之义。沿路多名刹古庙,常见祈福之旅;山区清凉,"暑国"中人皆谓有福之地;建设雪峰山城,诚为造福之举。这诸多"福分"都靠此路拉动,不仅拉风还拉福,不就名副其实了?对,名"福"其实。

走福路,增福禄,念着吉祥的三字经,出市区,上三环,入京台高速,过天龙山和半山两个隧道,即见"大湖大目溪"的出口标识,遂飘离"京台",转向"福路",米其林轮胎吻上高级沥青,咝咝如醉。

从前,这里可是福州地区北上主干路段,车辆繁多,而今,高速公路网接过南来北往的重荷,这弯弯山路,清闲了不少,就留给更清闲的云去悠游,留给大湖、洋里、廷坪几十个村庄的主人和游子来来去去。无人机说,它眼中的"福路",还真像一条龙,神龙摆尾处,是云上珍山,起伏的龙身腾挪近三十公里后,破空昂首,以1300米的海拔,拔起闽侯第二高峰罗汉台。而在海拔555米、666米、888米、999米的山间高地,将建成四座各具风情的路边驿站,很巧,古有雪峰四亭,今承之以山城四站,如两对龙爪探出,接古往今来的祥云,云中,我们手握青松翠竹,也握茶和咖啡。

此刻,我握的是方向盘,盘旋在桐花如雪的山崖。崖畔立一排大字"雪峰山城第一站"。此处海拔显然未及500米,这驿站当不在"龙爪"之列,但黛瓦青砖,很是娟秀典雅,内里还十分有货,苦橘苦笋茶油白粿等山区土特产列橱盈窗。窗外的遮阳伞,遮不住好奇的手机,灵眸闪闪,不停捕获叠叠云山和美如卧虹的"京台"弧线。

每过云遮雾绕的珍山,我总会想起一位奇人,儿时常听长辈说起。他是爷爷的表兄,聪慧过人,精医通易也擅文,乐于助人,往往药到病除。爷爷的兄弟们都曾受业于他。他不娶,与弟弟手足相依。据说他只要一号脉即可判人之寿限,精确到年月日。后来,他也自知谢世时间,交代弟弟后,即沐浴更衣坐化。神奇的故事还有不少,那时我正读《三国演义》,常把他想作卧龙式人物。我已忘其名号,或者爷爷就没提起,应是李姓,因为珍山全村姓李,乃大唐郑孝王李亮之后,避安史之乱,辗转南迁,到明朝,其后人李伯元从雪峰沿溪东下,见云霞蒸腾,桂花飘香,遂择地安居,开枝散叶。

此地也曾名丁山,明朝诗人徐㷿《游雪峰记》中有云:"过此则为丁山,山形作丁字,鸡犬篱落殊幽。"不知何时起改唤珍山。每次,我都只从村边过,从未进村,村子藏于道左的丛山中,据说还藏着一座古老的珍山堡,藏着一份不轻易示人的高贵。哪天邀上几位友人,拜访那白云生处的神秘村寨,但愿千年老桂,芬芳不褪。

苍山如海车如舟,顺着匀称的"波涛",飘向前村。大坪村个性迥异于珍山,路从村心过,厝向两边排,敞敞亮亮,大大咧咧,它很早就是山乡集市,绿野"码头",通往不同乡村的多条路线在此交叉而成枢纽。向左向右各十五分钟车程,即可分别登顶五奇仙和马岚山。两座"仙山"海拔同超千米,我曾多次摸黑到峰顶,看云海日出。有个直接取名"仙山"的村落,是大坪的邻居,隔溪隔山不隔路,到过的朋友都说那真是一个仙气缭绕的去处。

我记忆中的大坪村石子马路,是的,那时习惯称"马路",马路旁有一个长途车站,斑驳的墙上咧一口小窗,镶一片带锈的小铁闸,一开闸,就众口朝窗,齐叫"老马"。我好几回踮起脚尖也看不见老马模样,听声音老马挺和气,他的话却很要紧,有票没票,有车没车,全听老马说,毕竟老马识途。途无车,就得留宿,若返回自家村子,翻山越岭要耗好几个小时,翌日再爬山至此,难免又错过日仅一趟的班车。因此客人都找亲友家借宿,好在村民皆好客,但条件有限,往往要和主人挤一床,我也挤过,挤过老人和小孩,挤过跳蚤和虱子。恍如隔世啊,那时的"民宿"。

只有那次,母亲选择徒步到县城,带着五十公里的泥沙和五岁的我。我实在走不动时,母亲就背着我,把行李挂在胸前,像逃荒的难民。是了,那时是没钱坐车,从天亮的小廷坪走到天黑的甘蔗,母亲还向人借了一元钱买了五块饼,送给关在"牛棚"里的父亲。

家史虽然艰辛,只属于个人,而这条乡土之路,一开通就连接民族悲壮的历史。《大湖乡志》记载:"1935年,福古公路福州至大湖段,雪峰至下祝段开工。"竣工不久,即遭日寇轰炸。大湖抗战的悲歌和怒吼,浮岛山的碑文记着,这条路也记着。

我还记住一个名字"马三",这是乡亲们对他的称呼,《族谱》中另有大名,"马义骙……任闽侯县第十二区区长,创建福古公路"。谱牒用语难免简略,当时福古公路是一项大工程,必赖以多级行政力量的推动,而所有宏大意志的实现,又必落实于一个个具体的人,具体的锄头和铁锹。从1949年至今,公路又经多次改造和提升,才有今日纵马追风之快意。有为的开拓者和进取的接力者,都让我们经久怀念,前人之功,后人之福。

据说马三是马十万嫡系后人,后者原名马进益,乃大坪马氏第三代传人。他经营有方,拥良田数千亩,财粮越三县,人称"马十万"。十万先生常行善举,修桥铺路,口碑载道。明朝内阁首辅叶向高游雪峰到此,在山溪索桥上堪舆山水,惊为祥瑞,认定此间必藏富贵。当晚即下榻马十万家,两人很是投缘,欢谈数日,不忍离去,叶相干脆将马十万收作义子,传为佳话。不少乡亲说马氏宗祠修得很漂亮,每年农历七月初一,大坪马氏子孙济济一堂,祭拜先祖。从马十万到马三,约三百年,从马三到今天,又是一个世纪的风雨和霞光,洒过他们开凿的路。

弯弯的路忽然笔直,心野亦随平野猛然开阔,从大坪往双溪的一段,是我最爱的路。左边是无声的绿涛,宽宽缓缓的梯田被山风梳成柔软的绸缎绵绵,入秋则灿灿如梵·高画笔挥洒的金黄。右边是出声的溪流,流过祖先拓荒的山歌和汗水,也流我童年的梦。远处是无边的翠竹,翠竹亭亭的仪仗不让北国白桦的军姿,潇潇洒洒漫过蓝蓝的天际。

呼呼的山风入耳,捎来几句隔代的歌词——

"这把泥土这把泥土,春雷打过野火烧过,杜鹃花层层飘落过。这把泥土这把泥土,祖先耕过敌人踏过,你我曾经牵手走过。"

前方牵手者,是流自雪峰和另一座峰岭的两道溪流,两溪一碰,就溅起一个晶莹的名字。"闻说双溪春尚好,也拟泛轻舟,只恐双溪舴艋舟,载不动许多愁",李清照的双溪载舟也载愁,大湖的双溪,载雪峰悠远的钟声,也载高山禅茶和兰桂的清芬。

直路的尽头一拐弯一上坡,即见555米的海拔标识和"古韵双溪"指示牌,抵达第一个"龙爪级"驿站了。双溪流到此,遇一小芳洲酷似半月,透明的清波小心地一分为二,绕过洲,又合二为一,如柔美的双掌,掬月于掌心。随后溪水拐弯,拉直,有只金蟾,伏在水中央,定睛一看,却是一块奇石在修炼蟾功。若无千年道行,哪能如此形神毕肖?莫非就是蟾宫之蟾化身而来,来寻那"掌心之月",来祝福这万古湖山?

溪边草馥兰馨,泥土也芬芳。错落着会议大厅、山居客房、度假帐篷、书画走廊,和那在建的轻盈树屋。听说不久,溪对岸还将游出一条小龙似的栈道,它游向深山的百丈瀑还是村东的龙王潭?未及细问。傲立中庭的硕桂,正引我全神,桂树如此壮观,于我确是初见。溪心月,月边蟾,蟾头桂,已然天生诗境,待到八月桂花香,若举办笔会,作家诗人们,必将词夺星月,语醉溪山。

三杯两盏茶毕,重驾铁马,寻雪峰而去。松青青,竹翠翠,一路无染的绿,轮番洗我尘眸。若是农历三月天,必有一丛丛艳艳的红破绿而出,似村姑的红袖。我在一篇文章里读到,当年文天祥率部从福州往延平,途经大湖,望见满山杜鹃花,触景生情,不禁驻马朗吟旧作,那是一首七律,后四句是——

满地芦花和我老,旧家燕子伴谁飞。
从今别却江南路,化作啼鹃带血归。

年少读诗,偏爱边塞和军旅诗篇,对这首《过金陵驿》印象深刻。英雄带着诗,骑着马,走过我的家乡,饶是不易激动的中年,想想依然心驰神往。

一读诗,路就短,随着一个大转弯,车从"绿巷"穿出,平畴展展已是蓝田。福路亦是诗路,刚与宋词辨识"双溪",又在唐诗外再遇"蓝田"。当然,这美名不会来自李商隐的灵感,却也成名于唐代,一般认为是雪峰寺开山檀越蓝文卿捐田产建寺,获赐蓝田庄而得名。这里还曾是大湖地区唯一的瓷器产地,那是南宋的事吧。直到民国初年,蓝田都辖于侯官县,当然包括雪峰。我们说侯官文化时,不妨也翻一翻那一山山青绿的历史。

顺便提一笔,不知从何时起,蓝田被写成兰田,连同畲族同胞的姓氏。我喜欢蓝田,蓝田日暖玉生烟,走进田野,诵此名句,竟也十分应景,暖暖阳光,袅袅炊烟,绿玉般的蔬菜。蓝田还盛产小胡瓜、杏子、莲藕,还有蓝莓,蓝田的蓝莓,可取名"蓝甜"乎？蓝田紧挨雪峰和大池,作为大湖子弟,我也分不清这三个村庄的大致界限,就像村里的蔬菜基地和茶基地,干脆绿成一片。还是徐㶿说得大气,"自双溪登山,皆名雪峰"。

雪峰,是一座恋雪的山,高洁与清凉同在；

雪峰,是一条安心的路,禅意与诗意同行。

不知用了几个千年,那棵巨栲终于修成坚壁空心的枯木,枯木逢春,逢一个伟大的行者,云门法眼两宗祖庭,就此落座暑月积雪的山峰。"一花开五叶,结果自然成",达摩祖师偈语有了圆满的答案,中国禅宗文化多了充沛的源流。

又一片流云下山,山前一所房子,面朝游客,展示着"雪峰山城"的蓝图,宛如莲花的会议中心,倚峰卧云的山地酒店,放牧身心的康养林谷,逐萤追月的露营基地,都将一步步走出规划图,走成千古雪峰的时代风貌。这是良机,更是大考,第一道题刚刚交卷,就是这一条崭新的"福路",等待四海宾朋,领略她静美的风华。前方制高点,是巍峨的"龙首"罗汉台,正在繁忙建设中,听说和千万朵映山红已经约好,来年春天一起盛开。

那么,我先停车吧,走近山门,走近一千多年前,那一双坚定的芒鞋,在风雪中走出的路。

抵达诗和远方,道桥村

叶红

"向青草更青处漫溯,在星辉斑斓里放歌。"当我伫立在道桥村绵长的亲水木栈道上,我的脑海中倏地闪过了这一句诗。岸边柳丝拂水,绿草如茵;眼前流水潺潺,鸟鸣啾啾。宽阔的龙江平滑如镜,一望茫茫。一只只白鹭轻盈地掠过芦苇和菖蒲丛,在水间翩翩起舞。好一幅清新醉人的生态美景图!

道桥村古称"魁里",明清两代又称"枫桥",位于福清市东张镇西部东张水库龙江上游,现辖东门、道桥、石牌、新店四个自然村。这里以传统农业为主,村民多种植稻谷、番薯、小麦、瓜果和蔬菜。作为福清市母亲河的龙江从村中穿行而过,奔流不息。充沛的水源使得龙江两岸水草丰茂,鲜花明丽。百姓临水而栖,安居乐业。

近几年,道桥村的名气是越来越大了。到过这里的人把它称作福清的"云水谣"。它被评为"福清市最美河段",也陆续扛回了"国家森林乡村""福建省美丽休闲乡村""省级乡村治理示范村""省级'一村一品'示范村"等金字招牌。

村民推开窗,就能看到风景。走出门,就与含着露水和栀子花气息的好风撞个满怀。

村里有十多株百年的老榕树。榕树生命力旺盛,是子孙繁衍、宗族兴旺的象征。夏日的夜晚,榕树下面就会变得热闹起来。大人们聚在一起神侃,孩子们追逐玩耍。入夜,流萤轻舞,蛙鸣阵阵,微风拂面。榕树之下,又有着"一径水塘清幽,古树挂月"的曼妙意境。

每一个中国人心底都有一片珍存的精神桃源。"此心安处是吾乡"。走进道桥，你会发现，心似乎也透明起来。绿水环绕、青瓦飞檐、水中汀步、石板路、风雨桥……一切已臻梦境。静坐溪边，品一杯香茗，听近旁水车的滴答声，望远处牛背上牧童吹笛的背影（铜像），让人思接千载，浮想联翩。

喜爱美食的你，在这里可以吃到爽糯的炒糕、喷香的紫菜海蛎饼、手工线面等。对了，豆腐也是道桥的一大特色。别样的食材造就独特的风味，道桥豆腐以大豆为原材料，其制作时使用的清水为清晨采集的野露，且不添加石膏，所以豆腐质地细腻，鲜嫩可口。

如果有时间，建议你一定要到附近的大坪山走走。石径朝浓翠深处旋折，轻风中，疏枝淡影，蝶舞于途，田畴染绿，汨汨清流奔涌而出，使游人心也翩跹。这里有道桥村最大的蜜柚种植基地，300多亩。作为东张镇的特色农产品，蜜柚可谓是百姓的"致富果"。得天独厚的大气和土壤环境、清冽的灌溉水质使该地产出的三红蜜柚具有汁多、果肉香甜等特点，深受消费者青睐。

绿色生态也催生出独具特色的乡村旅游项目。每年4月，柚子花开。花藏在绿叶间，不怎么起眼。但是你听，蜜蜂的声音，蝴蝶振翅的声音，你就知道蜜柚开花是多么盛大。走入其间，花香聚成了云似的，好像能把你托起来。到了9月，该是采摘的季节了。自2019年开始，这里已经成功举办了三届福清东张镇蜜柚采摘节，吸引了福清及周边区县的许多游客前来参加，人气爆棚。游客在此体验采摘乐趣，享受丰收的喜悦和甜蜜。丰富的科普宣传活动又让大家进一步了解蜜柚，了解东张和道桥。镇领导在线上直播带货，农民在现场卖力吆喝，自豪感满满，线上线下遥相呼应。单第三届，线上观看人次就逾13万。事实证明，"既像世外桃源，又是烟火人间"的和美乡村的确唤起了屏幕内外的共鸣共情。

在道桥，"诗与远方"的文化内涵和乡村振兴的蓬勃气象扑面而来。近几年，村两委对美丽乡村的认识已不再仅仅停留于"好山好水好风光"，他们意识到，文旅深度融合的背后，是不断升级的精神文化需求。乡村有故事，遗址会说话，一砖一瓦述说历史，一石一木承载乡愁。通过加大对二房邸敦康大厝等古民居的修缮保护、在农耕文化公园里设立农耕用具展示馆、在东张乡贤馆举办特色活动等一系列举措,不断挖掘绵延厚积的道桥历史底蕴,文化资源再度被激活焕新。

在农耕用具展示馆里,我看到几位年轻的学子边认真研究那些老物件,边侧耳聆听村干部娓娓叙说着道桥的前世今生,兴致盎然。文物承载的文史厚度与情感温度,成为越来越多人开阔眼界和陶冶情操的必需品。品味山水盛宴、阅览诗画美景,一批又一批游客心怀美好期待,出发后抵达,抵达后再出发。

诗里藏乡,画里风光;清新道桥,大美天成。美丽山水让老百姓的生活变得有滋有味,他们的精神世界也变得更加开阔。古有清光绪秀才王经辉创办"枫桥乡社学",今有青少年科普活动室、阅览厅。村里不仅有幼儿园、小学、卫生所、幸福院、长者食堂,还有自己的太极队、舞蹈队和乡间乐队,村民的业余文化生活丰富多彩。

但是,它并不自我满足、故步自封。道桥村总是鼓励年轻人到更美更远的地方去开拓进取,闯出自己的一片天。上海、广州、深圳、珠海……面朝大海的城市里活跃着他们奔波的身影。它也热忱怀抱漂泊四海、渴望归家的游子。道桥村是著名侨乡。一代又一代旅居海外的道桥人筚路蓝缕,砥砺前行,书写了属于他们的光辉时代,涌现出赖水镰、赖方英、赖庆辉、倪政美等优秀乡贤。他们情系桑梓,心心念念家乡建设,热心公益事业。

在道桥,提起赖方英老先生,无论是田间地头的老农,还是校园里的莘莘学子,无不表露出由衷的敬仰和赞叹。这位曾为印尼赫赫有名的"土产大王",一生艰辛创业,勤俭克己,对家乡建设总是慷慨解囊,先后捐出近600万元,投入教育和公益事业。临终前他还不忘叮嘱家人,要继续关心支持家乡建设,令人动容。乡情乡愁永远是牵动每一个中国人的最朴素、最执着、最温馨的情愫。

说不完、道不尽的道桥啊,如诗如画的山水风光,生机勃发的一方沃壤,将吸引更多人关注这里、去往这里,共赴乡村振兴的多彩实践,书写美丽乡村的无限可能。

鼓岭的思念

王春燕

秋日的鼓岭,染上苍翠和流丹的色调,亦浸润着风和海的味道。风由远方而来,带着海气,在薄雾、柳杉和古厝间荡漾,清凉而松爽。到处都是风,窗外、屋檐、灿烂阳光里,甚至细碎的刘海、眉梢上。倘若这风是从亘古时间里持续或间歇地流泻至今,那应算是曾与鼓岭休戚与共的故人吧。

鼓岭有很多很多故事。听风,便是在听故事。

(一)

80多岁的梁为民,是土生土长的鼓岭人。现住于鼓岭宜夏村梁厝81号,四层砖石楼房,其中三层租给他人办民宿,剩下顶层留给自家生活。有闲钱,有闲情,观鸟、晒太阳,这是老人异常惬意的晚年生活。

掩上被风刮开的门扉,梁为民坐在一楼餐凳上,倒上一杯散着热气的茶水,便打开了话匣子。那些回忆,本以为都已模糊,但一旦触发,便如水中涟漪,顿时鲜活、波动起来。

梁为民刚出生几个月,父亲便因病早亡。母亲扛起生活重担,含辛茹苦地拉扯他们11个兄弟姐妹。因生计艰辛,她只得忍痛把梁为民的双胞胎妹妹送人,但是妹妹最终还是难逃夭折的命运。母亲终日忧心梁为民他们的出路,彻夜难眠。

当时,鼓岭是洋人聚集的避暑胜地,西式别墅、网球场、游泳池、会所、医院、教堂等兼而有之,外国传教士、商人、教育家、医生等也把鼓岭当作自己的第二故乡,与当地村民和睦相处。

鼓岭全景。陈暖 摄

美国传教士伊芳廷是鼓岭远近闻名的慈善家,60岁上下,戴着细边眼镜,身形瘦削,慈祥恺恻,喜穿西服并搭配各式领带。他曾在福州永泰传教、办学,并帮助许多鼓岭孩子进入永泰教会学校读书。大家都亲切地唤他"伊先生"。母亲鼓起勇气带着年幼懵懂的梁为民,前往伊先生所住的别墅求助。

伊家别墅开阔轩敞,考究的西式家具弥漫异国风情,雅致又温馨。别墅西侧还有一座半月形游泳池,在日光下波光粼粼。伊先生热情款待这对衣着简陋、言行拘谨的母子。轻声细语地询问梁为民,叫什么名字?多大年纪?想不想读书?梁为民懂事地一一回答。伊先生点头赞许,让母子回家安心等消息。

很快,母子俩便得到佳音。第二次再去拜访伊先生时,伊先生让女儿从衣橱里拿出一件崭新的绿黄白条纹毛背心,送给梁为民,叮咛他要潜心念书。

毛背心漂亮又柔软,穿在身上,暖在心底。梁为民很宝贝这件毛背心,即使后来身量拔高,也央求姐姐用其他毛线给毛背心加宽、加长,一穿便穿了四五年。

伊先生推介的教会学校在永泰。梁为民跟随二哥、堂哥等人,需徒步从古道下山,再辗转坐船才能到达。鼓岭古道陡峭、漫长,幸好散落几个茶亭,有村民会自发煮些土茶,供人歇脚解渴。下山后,行至仓山码头,坐上二三十人的大船至青口,再转乘摇曳的竹竿船,又步行一段路程,才能到达学校。学校在永泰县城一片山坳坳里,梁为民进入小学部,二哥、堂哥进入初中部。因年代久远,梁为民已记不清学校的名字,但大致推测,应该是永泰一中的前身。永泰一中创办于1902年,前身为美国教会创建的永泰格致学堂、德育女子学堂。格致学堂便是伊先生和妻子创办的。格致学堂的钟楼旧址前,还保留有伊先生当年铺筑的石板小路。

伊先生除了热心教育,还酷爱摄影,留下了许多鼓岭和永泰的珍贵资料。特别是伊先生夫妇创办孤儿院、教会学校等相关活动的照片,真实再现了永泰一中在清末民初经历的风风雨雨。一张摄于1914年的永泰县城全貌照片,大樟溪、埔头尾以及龙峰山半山腰呈八角楼状的校舍清晰可见。

照片里,有的孩童面对镜头,还很羞涩,甚至想要闪躲。刚入教会学校的梁为民也跟他们一样,拘束、怯懦。幸好,老师们都跟伊先生般和煦,鼓励、帮助他很快适应了新环境。教会学校是寄宿制的,免学费,并提供膳食。食堂菜品简陋,但是只要有米饭吃,梁为民便很欢喜。他孜孜不倦地读书,一切渐入佳境。岂料时局变迁,他与教会学校的缘分竟然只有短短一年。

此后,青黄不接的日子、成长之痛便不断磨炼着他。长大成人后迫于生计,他只身前往外省工作,一去便走了几十年。背井离乡的岁月,有思念,有愧疚,还有很多萦萦绕绕的感情,理不清,也辨不明。人生折腾一大圈,历经酸甜苦辣,白发苍苍之时,才回到故土,安度晚年。

鼓岭已然大变样,崭新得很,又熟悉得很。道路是新的,游人是新的,鳞次栉比的楼房是新的,但是粉红、黧黑的流纹岩,鱼腥草、白毛藤、糯米酒,还有那风和父亲打下的百年古井依然是怀旧的,丰盈的。

每年炎炎夏日,民宿总是挤满客人。餐桌上,荔枝肉、红烧猪蹄、咸水鸭、小酥肉、亥菜蛋饼、炸溪鱼,琳琅满目,各种香味混在一起,撑起一方烟火。梁为民享受这样的日子,仿如依然穿着那件忘不了的毛背心,暖在心里……

（二）

　　鼓岭基督教堂外观宏大，被绿意和木芙蓉环绕，如油画般。黄时敬先生是鼓岭基督教会的负责人，一直参与洋人传教士的别墅旧址修缮工作。鉴于工作机缘，他接触到许多来鼓岭寻访的传教士后代。

　　多年前，他正在主持修葺一处破败的英国传教士别墅。旁侧山坡上，走下来七八个打扮得体的外国人。其中一位老妇人，竟然用流利的福州话跟他攀谈起来。原来，她儿时曾跟着父母在这座别墅生活，度过了美好的童年。这次千里迢迢而来，就是想再看看这个魂牵梦萦的地方。她满含深情地四处打量那些残存的砖墙，说道："我对这座房子非常有感情。"说着说着，眼泪便淌下来。

　　"这附近住的谁谁谁还在吗？"她又想起那些熟悉的村民。

　　这些人，黄时敬正好都晓得。"有的还在，有的已经搬到福州城区，有的已经过世。"几十年后，终于听到他们的状况，她感慨良久，却也放下了诸多牵挂。

　　临别时，她再次注视这座老建筑，就像在凝望难以割舍的亲人。看着它一点点被重新"治愈"，甚是欣慰。她非常亲切地拉住黄时敬的手，甚至跟他拥抱，亲吻他的脸颊，表达感激之情。

　　有一位外国友人，是援华抗日的美国飞虎队队员的后代，名叫白登德。20世纪80年代，他拿着许多老照片来到鼓岭，寻找父亲和祖父的埋骨之处。父亲和祖父曾经居住的山华别墅已被岁月摧残得残破不堪，父亲和祖父的墓地却怎么也寻不到。白登德不肯死心，每隔几年便来一次鼓岭，到处寻访、打探。终于，了解到鼓岭许多洋人的墓迁到了仓山洋墓亭，便赶忙赶往仓山。可惜，许多年前，洋墓亭被砸毁夷平，仅余两根石柱。后来，在美国人穆言灵帮助下，联系仓山文物局等有关单位，才终于找到白登德祖父的残余墓碑。抚摸墓碑上的斑驳文字，这位铮铮男人忍不住热泪盈眶，难以自制。最终，白登德并未把墓碑迁回美国，而是让其灵魂永远留在热爱的土地上。白登德笃信，这是至亲的夙愿。

　　当年，山华别墅仍是一片废墟，野树、杂草丛生。身穿白衬衫的白登德和黄时敬曾在断墙残瓦前面合影留念。而后,村民在此处重建楼房,自家居住,却依然保留下山华别墅的名字。2017年9月24日,年迈的白登德时隔30多年重返鼓岭,与黄时敬拿着洗出放大的那张旧照在新的山华别墅前再次合影。同样的地点,同样的人,不同的面貌,怡悦从光阴堆积的皱纹里散发出来。即使"山华别墅"已不复旧貌,但是只要名字还在,记忆便不会褪色。这对白登德来说是莫大的安慰。

(三)

类似故事还有很多,黄时敬接待过一批批远道而来的外国人。他们对鼓岭的感情,就像一丛丛的紫阳花般,团团锦簇,热烈奔放,又延绵无尽,经得起时光的洗练。鼓岭感受着来自世界各国的思念和情谊,变得越发隽秀而深情。

鼓岭记录着一个特殊时代,又把最纯粹而美好的东西,珍藏至今。秋意渐浓,别墅附近的猕猴桃林又结起累累硕果,成熟果实掉落于地,啪啪作响,被松鼠捡了便宜。浓郁果香,伴随风,打着旋地飘散至天空,又缓缓落至行人的肩头、裤脚。原来,鼓岭不仅有风和海的气息,还有酸酸甜甜的乡愁味道。

春光里

● 刘志峰

永泰县。梧桐镇。春光村
这些吉祥福气的名字
荡漾在大樟溪的远山近水
有凤来栖梧桐
春光村的春光里
便拨亮一盏慰藉旅人的心灯
天堂和人间同时烟火升腾
一朵茉莉花的芬芳
相伴青梅酒的醉意
那一个寒雨霜夜的激情高唱
仍然在耳边回响
又仿佛是我在你耳边轻语
不只是春天,我才在春光里

春光里。刘姗姗 摄

十八重溪

● 林霖

山一重,水一重
山有多高水就有多深
山水相依的源头
一朵莲花一样含苞欲放的白云
正悠悠飘过

山为屏,水为镜
一溪碧水半溪石
石子与小溪鱼
一同逆流而上——
让人一时无法辨认
哪一些是屏住呼吸的鱼
哪一些又是摇鳍摆尾的石子

远远近近的飞瀑流泉就像
我们每天随手轻轻撩起的窗纱
画框一般镶嵌在崖壁间
炎炎夏日,掬一捧清凉的溪水
拍在胸口,整个身心如
巨石搏水
琼花四溅

十里清泉出深山

十八重的灵山秀水

孕育出闻名遐迩的明星金鱼——

璀璨的焰火一般

绽放在水的夜空

知了叫,荔枝红

剥开贵妃披肩一样紫红色的果壳

一路细品

独一无二的福果荔枝

独一无二的

十八般甜蜜

十八重回味

漈上芹草丰

● 邵永裕

瀑布的方言又叫漈。在永泰,与漈有关的地名很多,其中百漈沟最为出名。

百漈沟原是一条两千多米长的深山幽谷,在开发前,沟深林密,荆棘丛生,巉岩陡壁,瀑布成群,移步换景,景色奇特。

被打造成景区,景点沿峡谷爬升。谷底与山巅相对高度六百多米。沟涧从上而下贯穿,流经形态各异山崖,跌成了水帘、龙缸、珍珠、彩虹、人参、双狮、白龙、三叠等异彩纷呈的瀑布。景区开放后,沟因瀑而闻名。

你如果从下往上游览景点,随着蜿蜒爬升的路径,偶尔转折,或上坡见平,不时从树缝中呈现出各种漈的奇观:有水破石开的震撼,也有珠落玉盘、瀑落成帘的美妙。最为精彩的是天坑瀑布:在晴天的午后,光线的折射下,一道五彩缤纷的彩虹,如约披挂在那尊尽享沐浴的佛像石身上。无数游客为一睹石佛尊颜,或驻足等待,或择时上山。

倘若你体力可支,每前进一步,都会收获一份惊喜。登上一级又一级瀑布,我去寻找百漈沟的源头。源头还没找到,却找到一个名叫芹草的村庄。为什么以草为名?遇到的村里人谁也说不清,只知道祖祖辈辈都是这么叫的。草与村庄若无半点的瓜葛,在讲究渊源的古代,是不会随便赋之于地名的,那又因何而生?我带着多年不解的疑惑,再次深入芹草,访问了乡贤陈为祥老先生,他的一席话,让我茅塞顿开。

芹草为陈姓聚居地。永泰陈氏五万两千多人,在全县人口姓氏排名位居第一。其始祖有三大支系,分别是陈嵩、陈勋和陈雄、陈雅二兄弟。陈嵩五代时(907—960年)从河南颍川郡入闽,定居永泰十六都,为陈姓入樟第一人；陈勋宋重和元年(1118年)由闽清小溪源入樟,定居梧桐埔埕为其次；陈雄、陈雅二兄弟1140年居洑口衡洋,书写了陈氏第三始祖拓荒永泰的繁衍史。

芹草为陈雄后裔。宋重和元年,二兄弟从河南尤州固始县出发,入闽后落脚福州下渡。没过多久迁居兴化,后辗转永泰樟林坂,再去洑口衡洋(梅村附近),住三年,又转嵩口池充(电影院),居嵩口,因林姓欺负,过两年又回衡洋。陈雄娶妻,陈雅无续。陈雅热心公益,尽己所有,参建许多项目,颇有口碑,嵩口文庙塑有其像。

陈雄支脉,虽代有传人,但八代单传独苗,直到第九代才花开有偶,有了文榕和文宝。文宝到梧桐白杜西北蔡氏家上门,生三子,其中有个儿子叫陈樟(第十代),以放牛农耕为生。芹草与白杜邻村,前者依山,后者傍水,一个在山上,一个在水边,而放牧的牛群中,有只牛经常跑到八里外的地方寻草吃,这种草名为芹草。其子陈仪为了放牧方便,不再往返劳顿辛苦,明万历十四年(1586年)就在放牧地盖了草寮,携家带口把家安在山上。为纪念来时的缘由,就把长满牛爱吃的草,作为栖息地的地名。起盖的草寮后来成了祠堂。

百漈沟景区开通后,进芹草多了一条从下而上的攀登路径。村子位于百漈沟的头顶,距山顶还有一两百米的半山腰上,看似险峻,实有和缓宜居的山坳。巍峨连绵的山脉,突然像下马蹲的拳师,犹豫间,收缩了一下身体,陡峭的山势,褶皱成一片空阔。对此,拓荒先祖寄寓了种种念想:他把对更广阔地方的向往,更平坦家园的追求,赋予了放牧讨生的地名。因此,在草的后面又缀上"洋"字,芹草又称芹草洋。

当你爬完坡,脚下的地势变得平坦,你就来到了村口。村口很有特色,一片森林茂密葱郁,一棵棵挺拔的树木,仿佛站岗值勤的士兵,把守着重要阵地。走近瞧,这是片油杉林,粗壮高大,密密麻麻的年轮彰显了它的久远。

这样的林子,俗称风水林。距这不远的地方,还有一棵油杉高25.8米,胸围7.35米,树冠28.7米。2014年9月被福建省绿化办评为"福建油杉王"。此树全国仅分布在福建、广东、江西三省,村里人认为,既然其他地方尚未发现超越它的油杉树,就在路旁立了一个"中国油杉王"

的卧碑。

油杉属濒危物种。芹草村这棵油杉，2014年在十大树王评比中，又被冠以福建第二批"十大树王"称号。2018年4月，其形体之美被全国绿化办、中国林学会授予"中国最美油杉"称号。

这棵矗立在村尾的油杉王走红后，人们有很多猜测：一是树龄，二是种植者。在科技高度发达的今天，测定树龄按理没有悬念，但在各种新闻报道中，依然有1500年、960年、501年不同之说，众说纷纭，莫衷一是。

据族谱记载，芹草于1586年掀开始祖择巢而居的繁衍史。依山里人的传统观念，他们落脚后，在村口或水尾栽些风水树，缔造美好家园。油杉林和油杉王栽种的位置，可以断定这里不是原始生发地。此树是随芹草村诞生而存在，繁衍而茂盛的，树龄在500年左右。

在油杉王旁边建有一座庙。庙建于何年不详，里面供奉着观音、卢公、张圣君、医林帝君和五谷仙娘等。只要村民认为能保护他们消灾避难、祥和平安、五谷丰登、丰衣足食的神仙，都被虔诚地顶礼膜拜。

时间长了，巍然矗立的油杉王，村里人又把它当作神来朝拜。每年元宵节，人们把心愿写在红布条上，系在树梢上，点缀于翠绿中，飘扬成一道独特的民俗信仰风情。

在油杉王的左前方，有棵奇特的树。此树为枫树，不知是雷劈，还是人为的，树身虚空成一个洞。从树头蛰进身子，树洞内挺直腰板，透着头顶对着苍穹的另一个树洞，它把蓝天绘成一个满月形状，因此又称之为"月亮树"。人们稀罕于它的奇特，一棵树成了一道风景，走进芹草的游客，乐此不疲地揣摩它、观瞻它。

村子周围被山峦包裹着，树木葱茏，富有诗意。在上山的大路旁，有棵"情侣树"，就像一对相拥依偎的情侣，沐天地雨露，看日出日落，忠贞成大地的永恒。恋爱的年轻人，不辞辛劳，都愿意跋涉一程，在情侣树前合影，寄托自己对美好爱情的向往。

芹草人的基因，遗传着先祖开拓求生精神。20世纪80年代，改革大潮涌进了封闭的小山村。年轻的芹草人，再也不安于现状，纷纷冲出山门，北上中国最具活力的城市上海，从摆地摊、提篮小卖做起，先卖山货、再卖海鲜,最后通卖南北干货。经营形式从实体店,发展到贸易公司、批发公司、电商平台,生意越做越大,致富的人越来越多。全村一千多人,在上海经商的就有三百多人。村里家家户户过着富足安乐的生活。

芹草人致富重教育。从20世纪80年代末开始,村里人家境殷实后,他们首先想到的是教育,如今村里培养出本科生一百六十多个,研究生三十多个,三位博士生。芹草正抒写着教育改变落后的新篇章。

芹草人致富不忘桑梓。第一拨出去的陈为晶,兜里鼓起来后,又回来反哺家乡。2001年他与其他两位股东,投资开发了百漈沟景区。一条沉寂的山沟,成为万千游客打卡的热点,如今已成为4A级景区。

开拓求变永远是芹草人的灵魂。2016年开始,村里又成立了一个旅游投资公司,一个规模更大、景点配置更合理的旅游地,正在规划实施中。

如何把百漈沟连着芹草村打造成一个"吃、住、行、游、购、娱"的乐园,陈为晶信心满满:主景区提供给探险、健身、观光的年轻人;芹草作为景区的腹地,打造成农家乐园,为家庭游提供温馨、充满乡土气息的休闲养生地。村庄里有果园、茶园、葡萄园、桃园,在适宜的季节,提供体验采茶、采摘葡萄、水蜜桃等农事活动;拟建休闲宾馆,供给养生住宿,感受远离尘嚣、做山里人的快乐。

进入芹草,从上往下这条路,是连接背后广阔的湫龙、樟坂、同安等腹地唯一的交通线。道路从山顶蜿蜒而下,俯瞰脚下的村庄,早春时节,常常会遇上云蒸霞蔚的美丽。雾气升腾时,村庄的一座座农舍,在雾气的包裹下,山峦叠翠,绿树掩映,俨然一幅静美而又充满人气的山村画卷。夕阳西下,晚风吹拂,徜徉村中的小道,吐纳高负氧离子的惬意,顿时感到心旷神怡,仿佛置身"世外桃源"的美妙。

于是,你会惊叹漈上芹草是一个充满诗意的家园。

利桥寻福

● 刘辉

夏末,渐渐有了凉意。好友邀约夜走福清利桥古街。这条古老的街区历经三年的修复和改造,像是被人从睡梦中唤醒,完成了它华丽的换装,俨然成为具有福清人文历史特色的城市会客厅、文旅新地标和城市新名片。

遵循"修旧如旧,建新如故"的模式,古街在建筑形态上,采用了如桃杯山墙、飞脊山墙、女儿墙等特色造型,最大程度还原了利桥古建筑的风貌,处处可以感受到设计者的用心。

轻倚红墙,听秋风讲述时光变幻的故事。古街的记忆,一夜之间被深红的灯笼点燃,历史在烟云中回荡,"黄阁重纶"石牌坊逐渐褪去昔日恩宠,只残留些许黛青,唱和那口千年宋井以及那条被磨亮的青石板路,共同述说着岁月的沧桑。荷园里的异国风情,潜入到红楼砖墙的每个缝隙,犹如一个古老的密语,等待有缘人的开启。

这个密语,就是古街无处不在的福文化元素。

古街因桥而得名。一条千年古桥,从"龙首桥"到"利桥"的名称变换,和桥首矗立的瑞云塔一样,无不寄托了福清人祈福盼福的强烈期许和美好愿望。

小时候常听老辈们说:"正月十五过利桥,全年大吉大利。"此言实有典故:明万历年间,横跨龙江两岸的龙首桥年久失修,不能使用。然彼时国库空虚,官府无力,入城只好搭渡过江,或者绕道,十分不便。直到万历三十四年(1606年),内阁首辅叶向高长子叶成学,在时任县令凌汉翀支持下,以移桥对福清风水有利为由,出面发动乡贤筹资,迁址东移至小孤山段重建而成,称之"利桥"。自此,每逢元宵,人们争先结伴踏青过桥,以取求吉得福之意,渐成风俗,直至今日。

建桥同时,叶成学等人又聘请名匠,在小孤山上建塔,"以补龙江地势之旷"。据传卜基之日,有五色祥云自西而来,覆盖小孤山上,光彩四射,故取名为"瑞云"。建塔选用了优质花岗石和木材,前后耗时近十年建成,如玉柱擎天,气势恢宏,塔集建筑、雕刻艺术、佛学等于一体,获誉"精丽甲于海内"。

此刻,在寂静的巷子中,风似乎停留了下来,一如我此刻的心情,带着浓厚的好奇和敬畏。我试图用耳朵捕捉岁月的痕迹,聆听砖石间隙中透出的微弱声音,收集历史发出的低语与叹息。我努力让情绪徐徐展开,尽情地沉浸在这个独特的空间之中,期待着心灵上的碰撞,期待着那份既熟悉而又陌生的触感。

子曰"君子好德"。善良、宽厚、仁爱的德,是最好的"福相"。

儒家认为,"德"是"福"的原因和根本,行善积德福自来。而"福"是"德"的结果和表现。布施行善,广积阴德,方使他福不断增长。

宋代理学家朱熹承袭了这种"德福观",并不断充盈,对后世影响深远。他主张治国理政当"修德行政,康济兆民"。修德的目的是为民造福。老百姓也说:"当官不为民做主,不如回家卖红薯。"不可否认,叶成学、凌汉翀等人的修桥建塔之举应该是受这些哲学思想的影响。

修桥建塔,源于祈福实为造福。利桥之通,对于繁荣当时社会商贾活动之便利自然不用多说,而瑞云塔兼作航标之功用,对于促成福清成为海丝之路重要一环可谓意义重大。因此叶成学、凌汉翀等先辈之德,理应彪炳史册、名垂千古,也应刻在与瑞云塔遥相对望的"黄阁重纶"上。

心随往事漫游,一桥一塔,似乎每一块砖石,每一根木梁,都承载着一个独特的故事,让人不禁思考:"何谓福?"我试图在古今交织的奇迹中寻找答案,希望能找到那些温暖而深远的回忆,以此谱写出那段盛丽的过往。

位于古街中段有口宋井,俗称六角井,始建于宋大中祥符元年(1008年),政和七年(1117年)重修。井栏系榫卯结构,以六块淡赭色方形花岗石砌筑,井壁用石板叠砌。无论从材料还是工艺水平来看,都体现出那个时代的较高水平,反映了当时经济社会文化等各方面重心向南方转移的趋势。

古人逐水而徙,沿河而居,凿井乃定。默观宋井,眼前似乎重现古街当年繁荣的人间烟火景象。史料可查,南宋景定四年(1263年),东塘望族林观、林同、林合三兄弟在东塘靠林宅处扩大塘面,"浚之,周围千二百尺,坏甃以石,种荷柳焉",又在周边建精舍、庵、亭等,南宋刘克庄赞之为"一邑伟观",宋井就在其中。

自古安家立身,丰衣足食,乃福之基本。百姓追求的市井生活和"衣食之福",窥宋井,可见一斑。井,已成为中国传统文化中家乡的象征,因此,国人轻易不"背井离乡"。

但邑人特有的韧劲、闯劲和拼劲决定了他们不会固守成福,而是大胆谋福造福,故福清很早就有远下南洋谋生打拼的传统。

宋井的周边,分布着数量可观的侨厝民居。侨厝风格多样,既有中国传统的建筑形式,又融入了东南亚风情。红砖、红瓦、扇门、雕花拱窗……涂配以蓝漆的百叶窗与屋檐底层,与红墙、白栏相映成趣。

邑人知福惜福,爱乡顾家。无论走到哪里,就像是一只风筝,飞得再高再远,依然牵挂家乡;无论背井离乡的生活多苦,也能坚毅忍受,待功成名就之日,回到家乡,喝一口家乡的井水,建房孝长,甚至投身公益,造福桑梓,荷园故事便是其中的典型代表。

巷子的尽头,有一间小店里,刚出炉的光饼香气四溢,芝麻的香甜顿时弥漫在空气中。我想,这古老的味道,如同那久远的记忆,一定会撩拨着"番客"们的胃,回味悠长。

龙江边,有人吹起长笛,旋律如水墨画卷般流淌,似在烟雨的江南泛起涟漪。历史在跌宕起伏中,仿佛翩翩起舞,时而激荡,时而安静,与现实交织在一起,形成一幅美丽而复杂的画面。我在这其中感受着生活的真实,感受着时间的沉淀。

沿着古街漫步,空气中的花香沁人心脾。路边店里,人们围坐一桌,交谈着,笑声和谈话声回荡在寂静的夜空下。月光照在古街上,如梦似幻,似水流年,仿佛时间在这一刻静止。这就是永恒的时刻,这就是千年繁华的见证。

眺望远方,瑞云塔尖的明月依旧挂在天空中,如同一座灯塔,照亮了甲子轮回的路途。我仿佛又看到龙首桥下,船只静静地停泊,满载着唐风宋韵,等待着启航的信号,沿着海丝之路,驶向四面八方。船行天下,福满天下。

而漂泊的心无论走到何处,都不会忘记这古街的灵魂。那一口闽越古音,如同醇美的酒,留在心底,弥漫在记忆中。它凝结成一颗不老的灵魂,即使在远离家乡的异国他乡,也总让人魂牵梦萦,指引着游子们,不忘归家的方向。

这就是利桥古街,它不仅是一条有着悠久历史的街道,更是储存着我们共同的记忆。它见证了岁月的变迁,见证了新时代的呼唤。它的存在,就是对过去的最好诠释,对未来最美好的期许。

福清灵石山(外一首)

俞云杰

躲避夏的炙烤,再一次
回溯婉约缠绵的蝴蝶溪
山风吹过
感觉冰封了流年往昔
和灵山、灵石、灵水近距离
灵气的蝴蝶最为亲密
摸着石头戏水,溅起涟漪
把风尘扔进溪石缝隙
一抬脚,一挥手
抖落肩头上的余晖
群山、森林以及草甸缄默
只有通经声,抑扬威仪
播撒福康

春风依旧,兰舟犹在

我曾驾一叶兰舟,追寻
春暖花开,一路掬水荡香帆
溪水邂逅灵石,总有
光鲜的花瓣,翩舞吟唱

你就像那梦中的新娘
娇羞的，扯一片彩虹为罗裳
醉在唐寅的春水里
让我不能自已，让我仰望

你就是那最美的天堂
每一个日出日落的灿烂
都停不下步子，在碧水一方
我唯愿栖息在梵宇的空间

所有的幸福，在轮回里
那飘来的花瓣，没有忧伤
轻轻地，悄悄地，随风零落
兰舟犹在，载满刻骨的念想

"福"在周店村

林英

　　轻轻地，走进福清周店村，与这里别样的风景，来一场邂逅。很难想象，曾经那个古老的乡村如今已是诗情画意，山环水绕。

　　从高空俯瞰，秀美山水与农家稻田争相辉映，一条红蓝配色的田园步道蜿蜒在周店村里。古民居里，点缀着高雅古朴；农田阡陌，涂写着斑斓多彩；堤坝流水，诉说着悠悠情思。这条步道也把周店村的景点串联起来，宛若景观地图上引人注目的七彩路线，让人行走步道上，不只是健身怡情，更是置身旖旎风光之中，流连沉醉。

　　踏上这条步道，便开始周店的乡村之旅。果林、稻田、小溪映入眼帘，一股自然的气息扑面而来。步道两旁，畲族风情的住宅院落令人眼前一亮，一排排围墙上满是精致幻彩的文化长廊。在彩虹一般的步道走走停停，清闲无事，坐卧随心，大有一种"采菊东篱下，悠然见南山"的感觉。沿途不仅风景如画，还有动物雕塑打卡点，孩子们乐此不疲的游乐场所、游客休息区……缓步慢行，静静享受这慢生活带来的惬意和从容，内心顿时感到无比的丰盈。

　　沿步道行至村子的中心，便是远近闻名的"红色阵地"，即周店村党员生活馆，也是福清市基层党组织的活动学习基地。这座20世纪50年代的东洋风格老建筑原先是周尧小学的教学楼，后由于学校搬迁异地重建而废弃多年，而今党建元素的植入又让它重新焕发生机。徜徉其中，你可以重温红色老电影，可以跟随智能沙盘重走红军长征路，也可以在航空展厅里获得新时代科技带来的自豪感，甚至还能看到曾经陪伴我们成长的老旧物品。

每到周末,这里就成为孩子们的乐园,福清市复兴少年宫在这里创立了教学点,宏路中心小学组建了教师志愿者团队,定期在这里给村里孩子们上课。孩子们的欢声笑语,教师们的孜孜不倦,志愿者们的爱心保障,让这座小楼多了一份责任和温暖。

"莫道桑榆晚,为霞尚满天。"小楼右侧是老人们生活的幸福院,这里硬件设施齐全,内设厨房、餐厅、卫生保健室、洗衣室、日间休息室以及多种休闲活动场所。老人们可以在这里享用公益膳食,享受免费的体检服务,还可以打牌、下棋、阅读、观影、小憩……他们聚在一起,用地道的家乡话述说新农村的变化,谈家长里短,其乐融融,用他们最常挂嘴边的话讲就是,"如今老伙伴们该享福了"。

从党员生活馆出来,大约数百米,便到了村后的乌石山脚下。有着千年历史的灵岩禅寺掩映在青山绿树之间,自唐代起就香火不断的寺院,让周店村有了更深的历史沉淀。步入寺中,红墙红瓦的殿堂式建筑依山门中轴线整齐分布,庄严肃穆,钟楼与鼓楼分列两侧,高低错落,更显宏伟气势。歇山式屋顶配上翼状飞椽,寓方正中显曲线之美,远望若飞雁栖落,翩然欲飞,近看则令人顿生静谧清幽之感。寺中,古榕翠竹环绕点缀,亭台轩榭掩映其间,石桥清泉穿流连接,移步换景,山水与古寺交相辉映,得自然脱俗之趣。

灵岩寺前身是祭祀掌管文运之神、保一方文风昌盛的文昌阁。晚明时期有"铁面御史"美誉的林汝翥回乡省亲,见寺宇破损,奔走乡里募资重修并题写匾额。灵岩书院建成后,举人、文林郎郭拱南去信林则徐,求撰碑文,林则徐当即亲笔撰书,郭拱男便将全文勒于石上,并镶嵌于书院前落的"文昌阁"大墙。此后几经变迁,寺庙几乎成为废墟,一些珍贵的古石碑散落不见。直至20世纪90年代,周店村一村民拆仓库重建时,那块刻有"灵岩书院"由林则徐亲笔撰文的石碑才得以重见天日。正是这些名人乡贤的极力推动,让灵岩寺在历史的洪流中焕发出勃勃生机,成为当地文人墨客读书论道、吟诗作赋的风雅之所。周店村也正是有着这得天独厚的人文优势,浸育出敦风厉俗、抱素怀朴的文明乡风,才有着今天物殷俗阜、安居乐业的幸福景象。

穿过禅寺,拾级而上,山丘顶上就是享誉当地的滴水观音石像。石像高约21米,白色花岗岩材质,是福清市内最高的观音石像。这座观音石像由大理石观景台和观音主像构成,建筑整体庄严肃穆,整洁明净。观音石像背靠乌石山麓,与石竹山遥望对揖,流连其间,心无俗念。如今观音石像周边成为村民们避暑休闲的场所,大榕树像擎天巨伞,把酷热挡在山门之外,男女老少可以在这里纳凉、下棋、散步,更有稚子捧书阅读,游戏嬉闹,不亦快哉。

沿灵岩寺旁铺设在引水堤坝上的步道,便来到有"宏路鼓浪屿"之称的松子坝,这里溪水潺潺,蓝天白云和青山茂林倒映水中,配上轻烟薄雾,宛如水墨山水画跃然眼前。池畔绿树红花与亭台栈道相得益彰,置身其中,让时光慢下来,听蛙鸣蝉噪,闻乡土芬芳,赏春和景明,再约上三五好友,一起露营、野餐、烧烤、嬉戏……

如果你有兴趣,还能在步道旁寻一家夜光餐厅,品尝正宗地道的乡村农家菜,融城人不偏好重口味的菜肴,以菌菇配上肉片滑粉就成了清淡美味的汤羹;常见的农家青菜白灼后浇上配好的佐料更是异香扑鼻;再来上一盘鲜炸蛎饼,配上一碗海鲜锅边,别有一番风味;当地人更喜欢采些新鲜的竹笋,切上五花肉小炒,或与芋头焖烧,或与海蛏海蛎作酸汤,让人大饱口福。

行走在周店村田园步道,欣赏着如诗如画的乡村美景,感受着淳朴文明的乡风民俗,不禁让人感叹周店村民真是有福!福在党员生活馆,福在千年灵寺中,福在松子坝的灵秀里……

竹岐船厝的春天

● 刘凤翔

你包裹着一颗热情浪漫的心灵
坐落在山水之间,添增山村的神韵
粗壮的鹅卵石是你坚实的边基
黑瓦、青砖构成你清雅的模样
你以船的形态、船的包容
与船的劈波斩浪的果敢
和边上"吱呀"律动的水车一起
在动荡的岁月里给予山村温情与光明

近百年风霜你神采依然
枕着山村的清梦与欢悦的溪声
沉寂多时的你重新焕发青春
宽敞平坦四通八达的山村水泥路
不断把山外的文明带到山里
在这片沸腾的土地上你深情款款
欣然触摸着时代的脉搏
你成为这个美丽乡村不可或缺的元素

揭去神秘面纱的你引来八方来客
阳光照着你,照着你穿行的岁月
飞起的尘埃是你的故事,
也是你美好的梦想
游人的笑容与你的光彩交相辉映
走近你
走近你的古朴你的秀美你的神奇
走近你包裹着的活泼的心灵
一个又一个春天向我走来
过去的,现在的,未来的
它们向我展现出一幅幅生机盎然的世界

身在"福"中

● 林巧玲

自小对于山川湖海的渴望以及诗和远方的向往,我常怀着一颗随时出发的心,漂洋过海,不觉间忽略了身边熟悉的风景。

那天,儿子说他有篇游记要写,没素材呀,"谁说游记一定要写远方的,周边游就不算吗?"他爸爸笑着说,爬五马山呗,天宝陂申遗成功,现在可是网红打卡点呢!对此,孩子们一番呼应,拉着我一起出发。

一下车,孩子们就轻车熟路地沿着栈道跑开了,女儿在彩虹跑道上开心地往山上跑去,我慢悠悠地在后面跟着。夕阳的余晖落在跑道上,树梢的影子摇曳着来来往往的人们,斑驳有致。

跟随着几个摄影师的步伐,边行走边欣赏沿线的风景。每往上走一步,仿佛都有别样的感受。平地的房子展开了,齐整而错落,高处的新楼连营一般,又鳞次栉比;往下俯瞰,龙江公园尽收眼底,福清市游泳馆宛若巨鹰展翅欲飞,连排的水花凌空飘洒,估摸那位置应该是龙江公园的喷泉了。赏阅过几座亭子与周边衬托的物象,女儿说,这真有妈妈和我们一起看过的苏州园林的韵味,美极了。旁边的几个学者模样的老人在谈论着一座大亭上的书法,赞叹不已。从他们的话语里,我知道这个大亭有个吉祥的名字叫"福阁"。福阁结合福清地域文化特色,整体建筑端庄宏厚,基座和阁楼均采用巨石砌筑,依山就势,凸显阁楼的标志属性。

福阁之上可谓一览众山小,眺向远处,东有瑞云塔,也就是孩子们眼中的"福清雷峰塔",西有万达大广场的繁华与通达。眼下的龙江伴着五马栈道逶迤而过,可谓依山傍水。几只海鸥停在湖边,我知道它们所在的位置就是天宝陂了。我早已在网络上见识了它的图像风采,没想到身临其境,竟然觉得没有一个摄影师,没有一个短视频拍出它的华彩与风度。

悠悠龙江水,巍巍天宝陂。千年天宝陂见证了福清的沧桑巨变,也见证了福清人从贫困跨入富足的自豪。此刻夕阳映照,我觉得自己是真正融入了这座城,山、水、城,现代和古典结合的画面向我铺展开来,汩汩清流汇入心中,驱散了生活的忙碌与繁杂。这是我熟悉的城市,她拥抱着每一个需要栖息的灵魂,人、景、魂的交融,无声蔓延。一方山水养育一方人,天宝陂造福了一代代福清人,它的修建使福清大面积农田得以旱涝保收,为福清农业发展作出了重要贡献。

夕阳的薄雾中突然掠过两只白鹭,在天空中盘旋着。难道这就是天宝陂传说中的张天邈和何宝妹的化身吗?住在五马山下老实巴交的张天邈,本只是个普通的渔民,因为遇见了田螺姑娘何宝妹,命运发生了翻天覆地的变化。当年张天邈答应何宝妹两个要求:一是要保护好她的原生外壳;二是3年后要把她送回天宝陂。张天邈信守承诺,但当他看到自己心爱的女人扔进天宝陂的深潭时,他也纵身跳入天宝陂,以身殉情。对他们来说,这是个幸福的深渊,他们长相厮守共同守护着这方有福之地。天宝陂一直被福清人民呵护着,沿岸已被设计为滨水观光带,成为一道美丽的城市景观。放眼沿岸的龙江公园、玉融山公园与林则徐公园,桑竹垂荫,白沙荡苇,一派绿意盎然。

灯光渐渐拨开了夜的薄雾。站在五马山山顶,我又看到了福清城美丽的夜景。观音埔大桥银色的斜拉形状,玉融大桥的迷彩,每一条闪烁着灯光的街道,错综交叉却又井然有序。山环绕着水,潺潺流淌的天宝陂水似乎在呢喃着千年的幸福。山自永福,水自清远,我看到了整个城市从白天到黑夜的色彩川流和身姿的淡定从容。我被这片夜景包围了,忘记了这风景原来就在我家的对面!我原来是身在这片有福之地上的有福之人呀!

三福胜境,如梦如幻,又是如此真实。

沿着下山的栈道,孩子们一定要带我去感受天宝陂的夜景。我知道我是无法从这幅画里轻松回家了,我可能会迷路,还可能会用很长的时间细细体验,用心记录,珍藏成每一天生活的背景。

一生永泰

● 郭永仙

披着盛唐的光华
从唐永泰二年出发
穿越一千二百多年时光
以年号命名的永泰县
迎来高光时代

山重水复的小城
高速与铁路打开千年阻隔
外出的旅程畅快而通达
山还是那山水还是那水
动车的穿越按动幸福的快捷键

闽王葬姬姬岩是看重了此山福地
邑人黄椿山大书福字
一字暗藏十二生肖妙趣
安居山下的黄氏人家
千百年来书写耕读幸福日子

一条写满古韵的大樟溪
是千古弹奏的琴弦
多少可歌可泣的故事
总是回响着荣耀与精神
文武七状元的史实铸造状元丰碑

九百多年岁月
载不动朱熹留下的福字
在大樟溪畔梧埕溪岩上
墨迹依然可辨
是一种什么力量　风雨流水冲不掉

乡间一座座庄寨都是幸福写意
美好的水与空气装着满满自豪
温泉遍布的县域
涌流古老的温情
写下中国温泉之乡的金字招牌

从永泰到永福
又从永福到永泰
从暗喻到明说
总有祥云飞翔
一生永泰

永泰风光·陈暖 摄

古厝·乡愁

阮鲁闽

一直守在故里
像百岁老人
以它倔强的一梁一柱坚守着
一个存放记忆
赓续历史根脉
传承文化血脉的地方

深深凝望
"民间故宫"宏琳厝
"万祠之首"黄氏六叶祠
一座座苔藓斑驳的古厝寨堡
是生长在大地上的植物
是被时光凝固的雕塑

古厝是根
用手抚摸纹路
便能开启一段尘封的历史
灵魂有了出处
乡愁便有了归宿

福聚台江

走读河口

赵玉明

（一）

七月，头伏第一天，探访南公河口。

河口至今已有千年历史。它兴于宋，盛于明清，曾经是福州内河直通闽江的一个重要口岸，现在是南公园历史建筑群的主要组成部分。

南公河口广场上，耸立着一座古色古香的木制牌坊。牌坊横梁上，是醒目的"南公河口"四个大字。踩着洁净的石板路进入园区，仿佛穿越了时空，一脚踏进了海丝文化之旅的浩瀚画卷。

入口正对着一面青砖墙壁，上嵌"河口古埠"石刻浮雕。浮雕上有高大的贡船，也有气派的驿馆；有朝贡的官员，也有挑担的商贩。一帧帧生动的图画，丰富饱满地再现了河口曾经的鼎盛繁华。浮雕右边是"河口印迹"展馆，馆内陈设的各种物件，比较全面地展示了河口历史沿革、文化融合、民俗风物等历史文化风采。

沿着万寿一道向前行不足百米，就到了河口万寿桥。榕树掩映下的河口万寿桥，古朴厚重。桥的前称为"尚公桥"，明正德五年（1510年），为方便行人与货物运行，督舶太监尚春个人出资在河口渡建造木桥"尚公桥"。日久圮坏，清康熙七年（1668年），鼓山僧人成源、里人柯应采等人赞助并募资再建石桥。为对抱病造桥的僧人成源表示祝福，人们便把此桥取名为"万寿"。

河口万寿桥两侧高大粗壮的古榕树，四散开来的枝叶遮阳蔽日，洒落一桥荫凉。桥以松石为基，全长34.9米，宽约3米。桥身有4墩，两端桥头各有两只石狮子。桥面上平铺12条石梁,有望柱和栏板。栏板雕有荷花、卷草图案,虽经风雨侵蚀,仍显古朴典雅。

站在桥上,凝视水面,一河碧波,水流纡缓。偶有黄叶从榕树枝头飘落,河水亦是波澜不惊。

遥想当年,这平静的河面并不平静。千帆竞渡,官商聚集。一艘艘船只从这里扬帆远航,又从这里满载入港。岁月更迭,曾经的繁华和兴盛化作河水,随滔滔闽江,奔向大海不复回。

水过无痕,河水不语。

河口不会忘记,万寿桥也不会忘记,这座桥作为历史上琉球藩国贡船停泊地和外国使者登陆地,见证了福州海丝之路和中琉友谊源远流长。岁月悠悠,这座不可移动的历史文物,以其无法复制的古韵之美,彰显出独特深厚的文化魅力,像一枚勋章镶嵌在南公河口。2018年,河口万寿桥被福建省人民政府列入第九批省级文物保护单位。

桥的不远处有一座天后宫。在福州,这样挨着河道和港口而建的宫庙,虽十分罕见,但也合情合理。遥想当年,那些从这里出海的河口人,会虔诚地前来祈求一路顺利。返航归来,他们登上码头,转身就入庙答谢,感恩自己平安回家。茫茫大海,波涛汹涌,河口人乘风破浪,舟行万里,他们依靠的既是勇气也是信念。

在路通街,有福州特色的非遗商品店,也有休闲的咖啡店。还有一家书店,门口竖立着的墨绿色邮筒,营造出浪漫诗意的氛围。

河口万寿桥,是南公河口保护的重要古迹。在地理位置上,河口万寿桥东连打铁港公园,西接南公河口。在历史时空里,河口万寿桥携着过去,牵着未来。夏日炎炎,细细品读,一切安宁而美好,正如路通街墙壁上的那行标语——南公河口和你,是我在人间发现的宝藏。

(二)

穿越千年时光至汉朝,那时的河口,还是一片汪洋。

沧海桑田,时间到了唐朝,闽江北岸的流沙淤积。长年累月,江边已有露出水面的零星沙洲。

特别是唐代末年，王审知主政福建，扩建福州外城，命兵士在闽江沙洲中插柳固沙、围垦洲地。台江沿岸合沙成陆，水退城进，河口成渡。那时，福州逐渐发展成为我国对外贸易三大口岸。华夷杂处，商贾云集。福州城里随处可见"执玉来朝远，还珠入贡频"的"十洲人"。南宋乾道元年（1165年），朝廷在河口建税亭，对往来商船抽税，河口是海内外客商进入福州城的第一个落脚点，成为福州重要的贸易口岸。

因闽中匠师历以习水行舟名世，且精造船，特别是"其在河口者，经造封船，颇存尺寸；出坞浮水，俱有成规。"明洪武二十五年（1392年），朱元璋下诏，赐闽人三十六姓赴琉球，帮助琉球发展造船和航海事业。据记载，所赐闽人三十六姓多系福州河口人，号称"善操舟者"。

援助琉球，河口人胸怀家国，背井离乡，作出了巨大的牺牲和奉献。草蛇灰线，伏脉千里。河口后来的繁华鼎盛，前人早已做好铺垫，前人早已栽下大树。

明成化八年（1472年），福建市舶提举司自泉州迁到河口，并建造了柔远驿朝贡厂。朝廷在柔远驿会客宴宾，也放置贮存和加工处理贡物。明弘治十一年（1498年），福建镇守太监邓原主持在水部附近河口尾开凿一条人工河道直浚新港（河口）。从上王码头引闽江水，通入河口，直通大江。彼时，以琉球国为主的安南、占城、高丽、暹罗、爪哇等37个国家来贡，甚至有荷兰、英国海船，都是在河口渡（今河口万寿桥）登岸，河口成为海上丝绸之路的重要贸易集散地。"繁华殷盛，曾为全城之冠"，河口达到了鼎盛的巅峰。

南公河口，是福建海洋文化的缩影。悠悠时光，潮涨潮落，一个曾经繁华的码头，一步一步地隐去，隐到了历史深处，完成了它光辉而荣耀的历史使命。

现在，福州正把南公河口打造集海丝印记、贡赐文化、异域风情于一体的历史文化街区。连通打铁港、达道河、南公园内河游线，实现"河湖互通"，让市民坐船畅游其中，更多地去了解河口，认识河口，热爱河口。

(三)

走出南公河口,抬眼就看到国货路对面的"柔远驿"。

坐落在琯后街21号的柔远驿,这座白墙黑瓦的方形建筑,曾被誉为福州"国宾馆",当时官方全称是"进贡厂柔远驿",民间又称琉球馆。

柔远驿,取自《尚书·舜典》中"柔远能迩",寓意"优待远人,以示朝廷怀柔之至意"。鉴于泉州有"来远驿"、广州有"怀远驿",朝廷将福州的琉球馆更名为"柔远驿",都有睦邻亲善之意。同为驿馆名,巧用一字,既有区别,又有关联。既意蕴深长,又文采斐然。细细品味,由衷地钦佩古人的智慧和胸襟。

进贡厂柔远驿建于明成化八年(1472年),专门接待琉球国运贡船舶及其使者、商人,并转运贡品。清康熙十八年(1679年),重修柔远驿。现在,我们见到的柔远驿于1992年修复,被辟为福州对外友好关系史博物馆。柔远驿,这座低矮而精巧的百年古厝,安静而谦卑地匍匐在地,与周边的高楼大厦形成了鲜明的对比。炽烈的阳光下,有一种洗尽铅华之后的静穆素朴之美。

走近柔远驿,首先见到的是馆前"中日友好万古长青"的纪念碑。馆前空地的地板砖,错落有致地镶嵌着刻有明清朝廷派遣使者前往琉球册封的时间、姓名和官职的石块。设计独具匠心,十分引人注目。

馆前花园有翠竹、假山;还有迎园、却金亭和纪念树石碑。正对驿馆大门竖立着一面金属材质的记事墙,其上竖刻一行行文字,简要地记载着自明代建立中琉宗藩国的发展史。如一册徐徐展开的竹简书,既有古意又很新颖。

柔远驿坐北朝南,大门后有插屏,其后为天井,两侧是披榭。厅堂面阔三间,进深五柱,为穿斗式杉木结构的双层楼房。大厅上方高悬鎏金大字"海不扬波"的匾额,寓意祝福从海上而来的琉球人一路风平浪静和平安吉祥。西厢房用文物和历史图片,介绍古时闽人以海为田、耕涛犁浪的历史事迹和自汉代福州对外交流史。东厢房展出了1981年以来,福州与那霸两市政府及民间团体友好交往的照片和赠送的礼品,有琉球传统蕉布和茶具、丝织品等。二楼为明清时期中琉两国使臣往来史迹,尤为惊叹的是那五方"琉球人墓碑"。这些远涉重洋而来的琉球人,他们即使永远留在了异国他乡,也得到了我们极大的尊重,真切地印证了中琉人民水乳交融的深情厚谊。

　　走出柔远驿,抬头又看见国货路对面南公河口的牌坊。这些沉淀着岁月底蕴的街区,承载着一座古老城市的历史文化记忆。南公河口、河口万寿桥、柔远驿等历史古迹,像一块被光阴包裹的琥珀,被完整地保护下来,熠熠生辉。游走其中,每一滴水,每一块石,每一片瓦,都值得我们好好品读和铭记,都值得我们好好珍爱和守护。

雨落采峰楼

● 黄河清

一场雨,从民国下到今天。沿着青砖墙,沿着青石路,沿着一柄油纸伞。

有雨的黄昏,总有些清冷,寂寞,甚至惆怅。那惆怅,似笼在黛色屋顶的烟霭,润湿,寥廓,迷蒙。那惆怅,似一席江畔屋檐下垂挂的绿植,密密地编织着关于往昔的梦,在广袤的雨的空间里,自由地衍生。

岁月已晚,恍惚百年。在微雨中轻轻地推开上杭路122号一扇不起眼的湿漉漉的小门,沿着宽约两米、长百米的甬道缓缓前行,两侧围墙耸立,让人有曲径通幽之感。穿过一面照壁,眼前豁然开朗,一栋两层高、富丽堂皇的青色砖房立在通道尽头。院内植物繁盛,错落有致,藤蔓缠绕着充满时光印记的墙垣,还有那尽显斑驳的铁艺栅栏,虽历经岁月洗礼、风吹日晒,但四季里的美好仿佛在此凝固。连接房子和通道的是宽阔的十多级大理石台阶,楼宇在茂盛的树木间若隐若现,平添了几分神秘感。这就是福州近代富商、马来西亚侨领杨鸿斌的旧宅——采峰别墅。

生于1884年的杨鸿斌,是台江浦西长汀村人。他幼时丧父,家境贫寒,从小备尝生活艰辛,7岁时就提着篮子到台江码头叫卖光饼。1903年,杨鸿斌母亲去世,19岁的杨鸿斌为养家糊口,便随船运朋友漂洋过海,远赴马来西亚槟城谋生。他从商场学徒做起,后被破格提升为商场经理。不久,取得老板允诺和支持的杨鸿斌从多方面筹集资金,独立创办了振兴外贸有限公司,经营进出口贸易业务,同时发展橡胶林、椰林等种植业。他还经营船运业,组织船队,承包将缅甸大米运输到马来西亚的业务。因经营有方、诚信为本,杨鸿斌的生意蒸蒸日上,成为当地首富,被誉为"橡胶大王"。

"风人爱多风,当风胸辄爽。不竟笑南方,归舟凌浩漭。南风送我还,北风迎我往。顷刻驾长风,已出南荒壤。"这首诗题名《仲冬望后连日舟行海中遇风》,是清末民初另一位福建籍南洋华侨、著名报人、诗人丘菽园在回中国的途中写的。诗句中"南洋客"横渡大洋、万里归乡的欣喜表露无遗。1920年,衣锦还乡的杨鸿斌也应是"归舟凌浩漭""南风送我还",那年他37岁。

回到家乡的杨鸿斌便开始建造采峰别墅,从动工至落成仅花5个多月时间。缘何以"采峰"为名?曰取自"采五峰之灵气"。按照当时比较流行的说法,这"五峰"是指宅院坐落的大庙山、背靠的乌石山、面对的藤山(即烟台山)、左面的鼓山、右面的旗山,体现了天人合一的中国传统的择地要素。别墅占地面积约3000平方米,总建筑面积约1300平方米,由大门、坊门、照壁、主楼、副楼和庭院、园林等组成,成为福州近代中西合璧的民居建筑典范。

两棵高大的芭蕉,立在宽阔的台阶边,青翠如初,在雨中绿得发亮。缓步走过,就听到细碎的雨点打在上面,吧嗒吧嗒地响着;和芭蕉相辉映的是雨中柔曼的柳树,摇曳生姿,娇翠欲滴。雨水打在别墅外立面的清水砖上,更显朴素典雅。仔细一看每块砖上都印有"采峰"字样,足见屋主人的用心。砌筑的回纹装饰线条,巧妙地将整体立面分为三段。造型各异的门窗丰富了立面的空间感,有方正大气的矩形窗,有半圆形的古罗马式拱券窗,有尖形的哥特式拱券窗,有三叶形、复叶形的伊斯兰式拱券窗,有圆形的中式古典漏窗,还有融会贯通后的各式演化造型。窗棂采用中国传统榫卯工艺拼接而成,线条简洁明快,图案中西结合,外加当时流行的木质百叶窗,清新自然,宛然窗的美好聚会。

步入一楼大厅,只见中间两根中西合璧式八角形青石柱粗大雄壮,地板上铺设的水泥花砖为南洋进口。水泥花砖作为装饰材料,清末民初时期由南洋传入国内,并迅速流行开来,深受人们青睐。采峰别墅的花砖图案主要为正方形、菱形、三角形等几何图形,通过各种排列组合,形成不同的视觉艺术效果。因时代久远,花砖已泛出旧黄,但仍无法掩盖其美丽的色彩，给人一种温馨雅致的感觉。天井的红砖景墙正对别墅大厅，端庄大气。墙上用花式拼砌手法，表现了一幅传统寓意的双蝠捧寿图。图案造型凹凸有致，营造出了浮雕的艺术效果。团寿纹、蝙蝠纹、万字纹三者巧妙组合在一起，图案抽象简化，在迎合时代潮流的同时，保留了传统的文化内涵。图案上方的回形纹装饰，象征连绵不断，生生不息。大厅两侧各有三间房，作为卧室和会客厅，室内设有西式古典的壁橱角柱。

二楼为木质地板。除两侧耳房外，其余房间相对封闭。东、西、南三面拱窗内侧设回形廊道，与大厅、天井上方内廊、楼梯贯通相连。廊道尺度宽大，采光通风良好。这种外廊变内廊的形式，是近代"殖民地式"办公建筑与居住建筑融合后的常见演变。旧时别墅南向视野开阔，居高临下，透过拱窗可远眺苍霞洲和闽江。

二楼木栅栏设计为太阳花纹样和"喜"字图案。太阳花纹源自西方，象征着乐观向上、朝气蓬勃的精神，也表达着对于生命的崇敬和对生活的热爱。各边角还运用传统浮雕技法雕刻了葫芦、芭蕉扇、宝剑、荷花、花篮、玉板、洞箫、渔鼓八件道家法宝。此外，采峰别墅从海外定制了铁艺大门、栅栏、漏窗等装饰构件，透露着西式优雅、华丽、浪漫的情调。

别墅南面为开放的西式庭院，布局规整，秩序井然。庭院依坡地而建，分为三层空间。从别墅大门入口到西洋式八字坊门为第一层。以坡道为中轴线，东西两侧设有鱼池、水井、石桌、石椅等，供人驻足赏玩。坊门为水泥浇筑，左右两边各立两根罗马柱，上设女儿墙，搭配几何形线条花边装饰，古典高贵。

二、三两层均为露天平台，两层平台之间正对坊门处，设中西合璧式照壁和月亮门，既兼顾传统隔挡的功能，同时又起到引导作用。第三层平台是整个庭院活动中心，宽大明亮，视野开阔，可俯瞰全院景色。东西两端为半圆状双层西式景观阳台，以罗马柱为支撑，台裙表面水泥灰塑传统牡丹纹样，象征花开富贵。院中高大的芒果、玉兰、棕榈、石榴、桑树等乔木，搭配盆景、花卉，营造出和谐舒适的私家园林环境。

别墅西侧后方为独立式的后花园，在有限的空间中将中国传统园林中常用的亭榭、山石、水池与绿植景观巧妙结合,高低错落,暗香浮动,疏影横斜。鹅卵石铺设的小径、小桥迂回曲折,一步一景,可赏可玩,别有一番空间趣味。杨鸿斌的友人陈谦挥在《采峰别墅落成序》中这样写道:"堂则画锦彩衣,门则登贤通德,楼则凝晖延灏,窗则列纳瞰江。"

建筑是凝固的音乐,建筑也凝固着一段历史。作为爱国侨领,杨鸿斌热心公益事业,他出资创办槟城"三山学校",并任校建委会主席,把中华民族优秀传统文化和福州民俗文化列入教育课程,使滨城福州籍华人子女接受良好的教育。为团结联络在槟城的福州籍华侨乡亲,他还发起成立了"槟城福州会馆",出资购地建馆,给华侨工作生活带来很大便利。在福州他做了很多回报桑梓的善事:创立慈善社,指定家属主持管理,资助孤苦无靠、生活困难的人,给产妇发"产粮",给赤贫的人发"冬赈",向孤儿院、医院提供资助;每年福州洪水期间,都免费熬粥周济穷人。遇到天灾人祸,他都挺身而出,全力资助。1958年,杨鸿斌曾率领马来西亚贸易代表团回福州开展贸易活动,同年受邀参加中华人民共和国成立九周年国庆典礼,登上天安门城楼观礼。

2009年,采峰别墅被列为省级文物保护单位,目前已完成了修复。这座中西合璧的百年古厝借由"百年商埠"上下杭人文历史艺术展的机会,再一次与市民、游客见面。这座兼具颜值与档次的百年"豪宅",在保护修复后更加焕发出新生。它就像一座丰碑,诠释着爱国华侨的桑梓初心,也见证着上下杭的商贸繁华,还将续写更多的传奇和佳话……

缓慢沉着的雨丝在脚下轻轻敲打,随着一阵风吹过,桂花的香味肆无忌惮地飘来,在雨隙中轻轻颤抖,我的呼吸随着桂香的律动飘浮在雨中。回眸雨丝纷飞中的采峰别墅,轻烟迷离,绿纱笼罩,凝晖延灏。楼中隐隐传来那台有百年历史的古董钢琴悠扬的琴声,何日君再来。

有福之州有福石

●青色

癸卯年六月的一天,我到晋安区月溪畔找一种名叫心叶球柄兰的野生兰,一块苔石下阴湿土面上,有红、白蜘蛛如流星雨乱窜。那一日,沿途如月般透迤流动的溪水闪着金色光芒,溪畔铺满了五彩缤纷的寿山原石,我的心也乱窜着。

那场景如梦。曾经可望而不可即的寿山石,猝不及防地出现在眼前。尽管月溪畔的原石是石农们挑选淘洗了一遍又一遍的"弃石",但我依然触摸到它的温度,惊叹于它的色彩,感受到那股从远古奔流而来的气息。

天遣瑰宝生闽中

亿万年前,火山喷发,烈焰冲天。浓雾中,地底石层不顾后果地碰撞、融合。谁也不知,它将裂变成什么。或散成碎片,堕入深渊,永没黑暗;或如浴火凤凰,涅槃重生,点化人间。它选择了后者。亿万年的静默中,它流下的点点泪滴,为天地所包,雨露所濡,化作五彩石,散落闽中北郊寿山。这便是寿山石的前世。

严格意义上的寿山石产地是指晋安宦溪镇、寿山乡、日溪乡,连江县小沧畲族乡、蓼沿乡等5个乡镇辖区。这里离寿山石产区峨嵋村不远,红黄白交织的艳丽色彩、山上的禁挖保护牌、路边破败的原石加工厂,都一一指向石头身份。当我意识到,无意中闯的是芙蓉石原产地时,泛起惊喜又复杂的情绪。

万历四十一年(1613年),四川按察使曹学佺"被谗获谤",罢职归籍。在家乡侯官(今福州)洪塘,他整理好情绪,转身构筑集山水与诗书画的文人理想国——石仓园。一日,他途遇一荷担农人。担的两端不同,一端是稻谷,一端用黄石"压担"。他被担上黄石吸引,购下农担。这便是田黄"伯乐"曹学佺发现田黄石的故事。

一个官场失意文人的偶然一瞥,貌不惊人的石头一跃成为数百年后风云江湖的"石帝",也让它与文人结下不解之缘,成为有清一代帝王的掌中宝,乃至帝权的象征。最著名的田黄是珍藏于北京故宫博物院的"乾隆田黄三联玺"。它由一块完整田黄石整雕而成。这注定是一枚列入史册的"无价之宝":它备受历代皇帝的珍视,见证了康乾盛世,逃过了八国联军的浩劫,跟随末代皇帝浪迹天涯,抗美援朝之际,溥仪把它献给新中国,完成了它的历史使命。

田黄的发现可谓"天时地利人和"。彼时,寿山石雕至少已有上千年历史(1954年福州仓山桃花山南朝墓出土过"卧猪"),闽中文风兴盛,结社成风,曹学佺的朋友圈也掀起一股"寿山石热"。他的挚友谢肇淛、徐𤊹徐熥兄弟、陈鸣鹤等,无不痴爱着这闽中瑰宝。那时,交通闭塞,山路险阻,但他们还是在某一个雨天登上了寿山、九峰、芙蓉诸山,留下了诗文。

三百多年后,当读及他们写的"山空琢尽花纹石,像冷烧残宝篆烟""草侵故址抛残础,雨洗空山拾断珉""千枚猎璞多藏玉,三日风烟半渡溪"等关于寿山石产地——广应寺萧索景况的诗句时,我们心中依然会泛起阵阵喟叹。

福地寿山孕福石

七月的榕城,炽热如火。我踏上了寿山文化之旅,寻访古矿洞、寿山石馆、芙蓉石产地、田黄保护区……

有人说"福地寿山孕福石",又有人说寿山石有六德,"细、腻、温、润、凝、结",或许,只有真切地与寿山、与寿山石近距离接触,才能领会其中暗藏的"玄机",才能领受爱石者内心那份与石头、与岁月、与时空对话的潜流。

在如迷宫般的古矿洞里,晶莹又斑驳的寿山石如壁画般填满洞壁。同行的寿山石雕刻家如数家珍地讲解每个矿洞的故事及每个矿洞所产矿石的区别。耳熟能详的"都成坑""和谐洞""琪源洞"等坑洞逐一出现在我们面前,而我们对于寿山石中"肉""线""砂""棺材灰""黄金地"等石语,也有了真切感受。书上说,寿山石"柔而易攻",我疑惑甚多。雕刻家随手在洞旁捡起两颗石子,左右手同时在水泥地画线。真正的寿山石如瓦片划地,呈一明线,而它石所过之处无痕无迹。寿山石用独特方式诠释自己。

户外蒸热如火炉,古矿洞内却薄凉如秋,加衣方能抵御袭来的阵阵寒气。尽管如此,依然挡不住内心的火热。我终于见识了亿万年前那一场火山爆发时镶嵌在石层中的泪滴。洞中流泉一滴一滴击打在它们身上,发出清脆的叮咚之响。滴泉淘洗中的"石肉",晶莹剔透,触如婴儿嫩肤,色若云霞所雕。可我觉得,它是鲜活的生命,有苦难,有荣华,有哀伤喜悦,即使被固封在暗无天日的洞中,也能安然笃定,日夕静守。它将昔日记忆化作内心独白呈现给我们,那就是色彩。

前一段时日,读康熙时鼓山后屿人高兆写的《观石录》,对其中尽态极妍的寿山石印象深刻,遂将它们与数日走访中国寿山石馆、寿山石鉴定中心和私家收藏馆或工作室所见所识一一对应。高兆的笔下,片石照万物:春有郊原野色,桃李葱茏;夏有彤日蒸云,夕阳拖水;清秋晴云俱净,空山天色;隆冬雪峰积雪,树色冥濛,飞鹭明灭。而我的眼前,方寸间有朵朵桃花浮水而来,有苍绿鳝草丝丝游动,有青蓝天空蔚蔚有光,有月色梨花濯濯冰雪,还有莹润丹荔颗颗吐华。古往今来,寿山石的美,与世间万物相通。我在过去与现在,在书与现实之间交替游荡,迷醉在谜一般的霞天世界。

天地有大美而不言。不假文饰的寿山石代表的是静笃悠远的自然之美,带给我们的是婉转低回、一叹三咏的盎然诗意。

石不能言最可人

伴随着明清时期已发展起来的"以石入印",清代寿山石的大规模开采,寿山石文化中重要角色雕刻师应运而生。

高兆在《观石录》中极力描摹的是寿山石材质之美,对于雕刻,只轻轻带过,提及当时的名雕刻师杨玉璇。他不知的是,百多年后,在杨玉璇与周尚均(后人将二人并称为"双峰")的影响下,寿山石史开启了颇具武侠意味的东、西两派的新时代,而东门派发源地就在他的家乡福州鼓山后屿村一带。

东门派又名圆雕派,主要在后屿村、樟林村、秀岭、横屿等地;西门派又名薄意派,集中在西门外洪山凤尾乡。当寿山石鉴定中心的阮邦曦先生为我讲解这东西二派时,我的眼前出现了一个个看似弱不禁风,却在臂膀间运万斤之力的侠客。

那日,与我们同游寿山村的雕刻师便是东门派弟子。行走途中,他诉说起自己十多岁时当学徒,与师傅同吃同住的经历。师傅每日四点准时起床,在门板上轻敲三声,便径自走向工作室。天尚未开,睡意正浓的少年挣扎着起床,提起每日的必需品,深一脚浅一脚地跟在师傅后面,直至午夜十二点,替师傅关好门,方才回到住处。寒暑无间,风雨无阻。从颤抖的石上刀尖到落刀如风,个中滋味只有自己体味。如此过了五年,方才出师。他说完,淡然一笑,"雕刻需要凝神静气,我现在可以几个月不出门,这是别人难以想象的"。

不是所有的寿山石一出世就完美无瑕,有令人惊艳的绝色之质。所谓"玉不雕琢不成器",放在寿山石上,放在每一个平凡的人身上,也一样。

在诸多雕刻家中,我最喜欢的无疑是林清卿。他是西门派代表人物,其作品清奇空灵,有着耐人寻味的文气,惜无缘相见。

八月初,意外得知鼓西路"田石斋"展出一百多枚林清卿的薄意雕,便兴而前往。精彩纷呈的薄意作品就这样出现在眼前。最令人心动的是一枚"赤壁"题材的半山石印,灰中透绿,有着无法言说的雅致,它四面满雕,刻痕若有若无,拓片中,它的构图极为精巧,意境空寂悠远。明月之下,枯石虬枝、峰峦山竹、扁舟礁石、野舍烟村,苍茫又遥远。凝神许久,跨过时空的屏障,似有烟岚迎面袭来,万籁俱寂中,一舟轻撑而过。

"小舟从此逝,江海寄余生",是苏轼的愿景,也是千百年来中国文人心向往之的理想生活。芥子纳须弥,一方"赤壁夜游",将刻者的情感、经历、理想在起落辗转中逐刀刻入石中。林清卿在国画界未展翅的抱负,在寿山石的薄意雕中得以实现。如打通任督二脉,他跨越了笔刀不可兼得的沟壑,为寿山石文化留下浓墨重彩的一笔。

人生无归处,谁人不是"寄儿"？生命的肉身终将腐朽,唯有精神长留。雕刻家将自己的精神与生命印迹刻入石头,何尝不是一种永恒？有福之州有福石,它承载着万物,也摆渡着人心。

回到南公园

● 张茜

仲夏,一夜大雨过后的清晨,我又回到了南公园。

南公园藏匿于福州闹市之中,古典彩绘门楼、藻井斗拱、飞檐翘角、高挺气派;门前的小广场,矗立镌刻"请用国货"的厚重仿旧石碑。我霎时明白了我从1991年至1999年,日日办公、行走的"国货路"的出处了,历史烟云虽然弥散远去,但那一块痛楚疤痕传流在代代中国人的血液里。

近几个月我常在鼓楼区东泰路织缎巷旁做事,过来过去看着巷口的"织缎巷"牌子琢磨,这为啥叫个织缎巷呢?这巷子里哪个年代织过缎子吗?这次回到南公园,也解开了谜语:织缎巷与中国历史深处的大人物左宗棠竟然有着直接的关系。

我在国货路工作的八年,是中国改革开放后商业大潮崛起的鼎盛时期,我恰巧干的也是商业工作。终日忙于销售指标的进度和利润核算,如火如荼,以致站在公交车上也能小睡五分钟。为了寻找清静,我时常隐进单位正对面一个老旧不起眼的公园里,那就是南公园。

公园那时也被"商业"团团包围和肢解。墙外是毛巾厂、电子小商场批发一条街,墙内是小店铺、烧烤摊以及香港人开办的游乐场"恐龙大世界"。但我还是能找到那么一小块地方,一棵那时还叫不上名的大树,一个小水塘,一座古旧粗石桥,仅此而已。我与这一席之地相依为命,靠树而坐,看柳叶小鱼穿梭于水草缝隙,用眼神和不远处的石桥说话。八年间,我进出园子不计其数,却不知道它待在那里已经300多年,经历了何等荣耀、欢喜、悲伤和失意。

南公园。陈暖 摄

　　清朝初年,在靖南王耿继茂的手里,它口含金汤匙落地。

　　那时耿继茂从广东"移镇"福州,动了建造王府的念头。他对着福州手绘地图,仔细琢磨研究,东南方向的一条环形万寿河跃入眼帘。"万寿","万寿无疆"——如同一记炸雷,正正地击中了他隐藏已久的心思,他也许认为"天意"已到。

　　"玉带环腰""万寿无疆",耿继茂兴奋异常,立即下令在万寿河环着的地方,圈地建造王府。这一圈,就圈进了300多亩地盘。现如今看来,就是从王庄圈到了南公园。王庄地名也就从那时的"耿王庄"而来,而南公园彼时就是耿王的私家花园。

　　耿家势力强大,拥有可指挥兵力两万余人。耿继茂的父亲耿仲明原为前明登州参将,后投靠后金,被封为"天佑兵"、怀顺王,编入汉军正黄旗。耿仲明先与尚之信一起消灭了桂王与大西联军,因此被清朝廷封为靖南王,镇守广东。同时镇守广东的尚之信也被封为平南王,还有镇守云南的平西王吴三桂,"三王"被称为"三藩"。耿仲明传子耿继茂,为靖南王爵，并授耿继茂的儿子耿精忠为一等子爵。耿精忠年少倜傥，娶肃亲王豪格的女儿为妻，因此很快又被封为"和硕亲王"，身价百倍。顺治十七年（1660年）耿继茂受命移镇福州，但不久病逝，耿精忠便成了"靖南王"和"和硕亲王"的双料王爷。

耿王府的建造异常豪华，单说大门前的一对石狮，就是特别选用广东高要县出产的"白石"。那种白石通明温润，洁白无比，晶莹剔透堪比玻璃。高要县知县杨雍挑选技艺最高超的工匠精雕细琢，日夕监制，翻越千山万水运到福州。王府所用木料分派各地官府，选购黄楠、黄杨、乌梨、高杨等珍贵品种，雇用几千个工匠克日赶工，耗时三年建成。结果翌年（1664年）遭遇福州城火灾，王府被毁于一旦。耿精忠生性倔强，又在旧址重新建造，"召八府工匠，役福州民夫。宫殿壮丽，费数十万钱粮，较前更觉华美。"

清澈见底、鱼虾畅游、欢快流淌的万寿河，是耿家建府的核心命脉，私家花园自然依河而建。福州古典园林与苏州园林在设计手法上有一定的相似之处，均是城市山林意识的产物，闹中取幽、小中见大。从宋至清，一些福州人在江苏乃至苏州当官，如梁章钜、郭柏荫、林则徐，他们隐退返乡后，带回了苏州园林风格。

耿家花园占地63亩，造园艺术自然汇集了福州古典园林、苏州园林的经典与精华。人工长湖蜿蜒曲折、假山、亭台、回廊、曲榭一应俱全，虽由人作，宛自天开。出众的是，园内竟有大象、丹顶鹤。象——万象更新——靠山、加强"坐方之力量"；鹤为涉水禽类，池畔栽种松树、梧桐，寓意"松鹤长春""吾士长春""六合同春"，喻示耿家有帝王象之意。我定居福州二十几年，这才明白了地名"象园""鹤存巷"的真实由来。

耿精忠一边利用建造王府、花园之机，弄出一番王者气象，一边着急地做着一些发展潘镇势力的事情。譬如以封官晋爵拉拢党羽、笼络亲信，派遣心腹曾养性、白显忠、江元勋等分别接管诸府；以"复明"幌子收买人心，令官民剪辫留发，衣服巾帽悉依明制，并自铸"裕民通宝"币等。他怀揣多年的"帝王之志"，抽丝剥茧地显现在了众人面前。这动静很快引起朝廷注意，掀起"削藩"声浪，双料王爷被动发起蓄谋已久的兵变，当然以失败和断送性命而告终，王府、花园、资产统统被官府没收。

万寿河、大象、丹顶鹤没能相助耿精忠万寿无疆,只遗留在了南公园的历史故事里,与300多年后到来的我在文字里相对而见。

历史来到左宗棠督闽之时,耿家王庄花园几经辗转,又回归官府管理。闽浙总督左宗棠是个干事业的人,无心花前月下,便利用这个宽敞优美的园子设起了"桑棉局",因为福州丝绸纺织业在宋元、明朝有过两次兴盛时期。

北宋,朝廷曾在福州设立"文绣局"。福州所产丝绸,远送京城,供宫廷御用。《资治通鉴》胡三省注:福州锦布较江南丽密。到了元朝,还是"凡福州丝绸……无日不走分水岭及浦城小关,下吴越如流水,其航海而去者,尤不可计。"明弘治年间,福州民间匠人林洪革新了纺织机,使福州丝绸纺织技术更为精湛,闪色、阴花、龙凤、飞禽走兽跃然缎面,产品从宫廷延伸到了商业市场,集中生产的"织缎巷""锦巷""横锦巷"工场、作坊应运而生。原来织缎巷里真织过缎子,只是今日楼房的鳞次栉比代替了曾经有过的机杼喧哗,只是这几年新做的巷口仿旧牌楼和巷里的几段翘角粉墙黛瓦,提示人们巷子里曾经有过故事和繁盛。

清朝时福州丝绸衰落。一是因为清廷腐败,二是因为"五口通商"、洋布倾销。左宗棠史称"同光中兴三名臣",看到福州辉煌的纺织业每况愈下,怎不立即着手挽救与振兴?他除了竭力挽救销售市场,还陆续设立福州蚕桑学堂、蚕务女学堂、蚕桑讲习所等,着力培养更高的人才与技术。1885年左宗棠去世,福州人民在王庄花园门口建造祠堂纪念他:亭馆问谁家,数里莺环排绿树;蚕桑兴美利,沿村衣被胜黄锦。

继1905年中国的第一个公园——无锡"公花园"诞生后的十年,王庄花园回归了民众,因为建在福州城南,叫城南公园,后简称南公园。

1919年五四运动以后及20世纪二三十年代,民众抵制日货,就在南公园设办国货陈列馆,立"请用国货"石碑于馆侧,如今公园门口这条路依然叫国货路,是它牵起了我和园子的八年相交之情。

我找到当年常坐的那个地方,大树还在,叫重阳木;石桥也在,已修葺规整完好;那口小水塘已变成宽阔的荷塘,粉色荷花硕大美艳,阵阵清香袭来。有福之州,福满心田。

福街寻福

● 周而兴

万福广场，福韵氤氲
清风吹拂，树叶哗哗作响
似街坊古韵与文创元素融合
传统与现代碰撞发出福的音符
悠远、祥和、新潮……

苍霞夕照，透过榕树的光影晃动
如庆菁钱庄洒落一地的碎银在跳动
引我走进中平路过往的光阴

福州电信电报局旧址
程控电话啃噬发报机的嘀嗒声
互联网络热浪驱逐固话，如同
三伏热气驱赶我停歇中平旅社

煮一壶茉莉福茶，拂去风尘
喧嚣的时光慢了下来
翻开早年的台江旧相册
在发黄的街坊棚屋照片中
辨认曾经纸褙的福州城

福立社,原为洗染店
时光漂白了沧桑的店面
如今,打造成脱口秀剧场酒吧
在欣赏虎纠腔的攀谈中
品味温情幽趣的福乐

福文化博物馆,坐落金鱼里南侧
福匾嵌在门墙,福船停泊走廊
金鱼湮逝于历史的长河
且将福气在苍霞沙洲上孵化

造福、寻福、送福、享福
品福味、尝福果、观百业福
沉浸式体验有福之州

一盏茶香

练健

夜幕游船江水南流
千年映像变幻两岸高楼
解放大桥的璀璨灯光
浩浩长风吹不尽丝丝热浪

南国有佳人
轻盈绿腰舞
红云飘动的汉服少女
古筝与竹笛的音响
这是江南三月的梦境
原始基因沉浸于遥远的汉唐

焚香静气孔雀开屏
高山流水春风拂面
舒缓或轻盈
微笑愉悦发自内心
南来北往的游客
满室氤氲碧水闽山的芬芳

一个男孩说我要喝茶
年轻母亲说孩子啊那是表演

祥龙行雨凤凰点头
再斟流霞二探兰芷
完成了最后一组动作
汉服少女捧茶走来
童音清脆回荡在江水之上

游船靠岸游客星散
认识的　　总还会相聚
不认识的　　或许再也不会相见
这是二十一世纪二十年代初的一个寻常日子
这闽江之夜的四十五分钟
是一盏佳茗的清香

茶香。陈暧　摄

酸碱两翼　福泽千秋

● 林敏

暮将临兮灯四起,霓虹闪兮胜天河。人如织兮皆含笑,一城福兮一市歌。

榕城的夏夜,繁华而梦幻,热情而浪漫。霓虹闪烁间,万家灯火里,一座新修缮的"H"形二层清代古民居,静立于北江滨畔的尤溪洲大桥边,穿斗式、木结构,显得古朴又端雅,它就是——侯德榜故居。一百多年前,这里隶属闽侯县,是个叫坡尾乡的小村落,沟渠成网,阡陌纵横,竹篱板舍,鸡犬相闻。1890年8月9日,化工巨匠侯德榜诞生于此。

是夜,人潮退去,月上中天,故居正厅恍惚立着一位老者。他衣着简朴,目光如炬,饶有兴趣地看着正立面上自己的半身塑像与横批为"化工先驱"的楹联:

为国启荣,一碱合成民永利;

与工致本,三勋建就世同钦。

"启荣"是他的排行名,"致本"是他的字,"多久没人这么亲切地称呼了",他喃喃自语,思绪一下子被拉回到了少年时期。

"德榜,荣儿——"也是这样盛夏的一天,灼热的太阳炙烤着大地,他正头顶荷叶在田间看书,祖父的声音忽地从陌头传来。祖父叫侯昌霖,是位读书人,对他这个宝贝孙儿寄予厚望,按排行给他起名叫"启荣",期望他能"光耀门庭,为国争荣";同时希望他"德为人本,行为榜样",故又名德榜。看着十岁的他因家境贫寒辍学后半耕半读,祖父感到既心酸又欣慰。这天中午,已过了饭点时间还不见他的人影,爱孙心切的祖父就一路寻来。夏木蓊郁,蝉鸣阵阵,老式水车沉重的呻吟声,和着他稚嫩的读书声,还有祖父亲切又焦急的呼唤声,至今犹在耳畔。

清朝末年,由于列强的侵略,时局动荡,民生艰难。聪颖如他,禀赋卓荦,古文观止,过目不忘;四书五经,一点就通,却也不得不止步于校门。经营药店的姑父姑母颇有见识,怜惜他这块璞玉将埋没于野,便资助他上了福州英华书院,希望他"经学为体,西学为用",将来在某个领域能有所建树。

英华书院坐落于福州仓前山鹤岭,是当时环境与条件均属一流的洋学堂。彼时的他,像极了彼时的仓前山,有一定的国学底蕴,也吸纳海外吹来的风。耳闻目睹清政府的腐败,以及国人苦难深重的现状,严复翻译的《天演论》让他明白了"物竞天择、适者生存"的道理,魏源《海国图志》中"师夷长技以制夷"的主张,打开了他放眼世界的另一扇门,也为他埋下了"科学救国、振兴中华"理想的种子。各种思想的碰撞,让少年的心变得更加深沉而悲悯,博大而宽广。

月轮西斜,月光水银般泻进故居。老者移步偏厅去看自己的生平事迹展,展览内容有"学习成才之路""科技创新之路""爱国报国之路"三个篇章,条理清晰,图文并茂。

回顾学习成才之路,几多荣誉,几经坎坷,他都矢志不渝。无论是因反美示威罢课被学校开除,还是津浦铁路施工的艰苦;是"清华千分才子"的美誉,还是赴美留学的经历,在他的脑海中留下的都是美好的回忆,因为对科技强国的孜孜以求之甜,全然稀释了辗转周折的求学之苦。远涉重洋,八年异国他乡寒窗苦读,为的就是去寻一盏科技之火,再用这光和热点亮希冀,振兴中华!

借着月色,他依稀看到了范旭东、陈调甫、孙学悟、张克忠等几位老友的照片,他与他们穿越时空对视良久,千言万语充溢胸中。他不由自主伸出了双手,想跟他们来个拥抱,然后好好诉说彼此长长的思念,关于友情,关于化工,也关于祖国的飞速发展。

时针拨回到1921年10月,他31岁,公费留美博士毕业,风华正茂。应永利制碱公司创始人范旭东的邀请,毅然由美返国,担任制碱厂的技术总工程师。当时的索尔维制碱技术被几个国家垄断,独霸我国碱业的英国卜内门公司趁机囤积居奇,民族工业频遭重创。积贫积弱的民族路在何方?祖国母亲在召唤,学子归来,义无反顾!他是带着振兴民族工业的理想回到中国来的,他要为中国的制碱业拓荒一生,造福民族同胞!

范旭东比他大7岁,1911年由日本学成归国,1914年成功创办中国第一家精盐厂,1919年动工兴建永利碱厂,亦志在复兴民族化工工业。两位具有同样非凡学识、国际视野以及战略眼光的人遇合了,是彼此之成全,是国家之幸运,也是人民之福气!

20世纪的旧中国,工业十分落后,加上西方国家的经济侵略与技术封锁,永利碱厂的试车过程犹如一叶轻舟在汪洋大海上盲目航行,随时都会遇到风暴和暗礁。身为总工程师,他身先士卒,脱下了白领西服,换上了蓝布工作服和胶鞋,带领永利的工程师们昼夜奋战,摸索着,一步一个脚印地前进,每前进一步都要付出艰辛的创造性劳动。

经过五年的艰苦奋斗,1924年8月13日,永利碱厂终于要正式开工生产了,大家热切地希望及早见到中国碱的诞生。然而,展现在人们面前的却不是雪白的而是红黑相间的碱。他永远不会忘记出碱的那一刻人们大失所望的表情,以及个别股东拂袖而去的情景。

面对股东提出"换外国工程师来主持技术"的论调,范旭东坚决反对,表示永利当前的处境是"临产前的阵痛,黎明前的黑暗,为了民族工业,大家要风雨同舟,和衷共济"。纳贤不妒其能,用人必尽其才,范的至诚相待,他的竭诚相报,感动厂里的所有人,在化工界上演了一段佳话。

他食不甘味,席不暇暖,带着机械师、工艺师、车间的工程师,马不停蹄地考查碱厂的工艺流程,检修全部设备,采用化验的方法,自原料开始跟踪,事必躬亲,终于发现了白碱变色的原因是铁粉被腐蚀引起的。随后,他们在氨盐中加入适量的硫化氨和硫化钠,黑红碱的问题迎刃而解。

1926年6月29日是个振奋人心的日子,永利碱厂第二次开车生产。随着"出料"的一声令下,白雪般、面粉似的纯碱从料口倾泻出来的那一刻,也是打破霸道英商卜内门多年垄断的时候。同年8月,在美国费城举行的万国博览会上,中国永利化学工业公司生产的"红三角"牌纯碱,获得"中国工业进步的象征"的评语,荣膺大会金质奖章。

如果把"碱"看作化学工业的一翼,那么"酸"就是另一翼。志在发展中国化学工业的永利人,决定再展化工另一翼,那就是——发展硫酸、合成酸、硝酸和硝酸铔,为中华化工腾飞而奋战。

然而,世乱国危,风雨如晦,腾飞谈何容易!吃尽千辛万苦建设的亚洲第一流水平的永利硫酸铔厂投入生产才几个月,抗日战争爆发,因不愿与日寇合作,工厂屡遭敌机轰炸,无奈只好全部搬离南京,避去华西。"祖国昏沉思悄然,自愁无力可回天。从来有志空留恨,刀锯余生已几年",回想往事,他依旧感到有些许悲愤,不觉吟诵起当时写的一首诗。

"只知责任所在,拼命为之而已!"正是有了这样的信念,在华西缺盐原料、想购买"察安法"却被德方以辱国权为条件刁难的情况下,他发愤自行研究新的制碱法。他坚信"黄头发、绿眼珠的人能搞出来,我们黑头发、黑眼珠的人也一定办得到"。1次、2次、10次、100次……经过500多次试验,分析了2000多个样品,改造"察安法"有了突破性的成长,他创造出了与"索尔维""察安法"两种制碱法都截然不同的新的制碱法——侯氏联合制碱法,既利用氨厂的废二氧化碳,又利用碱厂废气的氯离子;既提高了原料盐的利用率,降低了成本,也免除了排除废液的麻烦,还可以减少三分之一的设备。其优越性大大超过了"索尔维"和"察安法"制碱法,从而开创了世界制碱工业的新纪元。

时势造英雄,英雄也能造时势。他和范旭东都是一介书生,却更像两位英雄战士,他们惺惺相惜,让实验室里的酸碱两翼合力,在世界化工业打拼出了属于中国人的一片蔚蓝晴空。

"鸟的翅膀系上黄金,就再也飞不起来了",他最喜欢印度爱国诗人泰戈尔的这句名言。只要他愿意高价出售其中任何一个专利,都会给公司和他本人带来丰厚的利益。"不能为全世界人民谋幸福的科学,不是真正的科学",范旭东说。他和范旭东不谋而合,他们要一起砸开西方国家制碱技术封锁的铁链。在范的鼓励下,他将毕生心血用文字、公式和图画记下,详尽介绍制碱的理论、化学反应、操作参数等,书名为《纯碱制造》,1933年该书在美国纽约初版。此后随着研究的进展进行修订,至1942年再版时,内容已更加丰富,工艺也更臻完善。1958年因病在青岛和北京"休养"期间,他呕心沥血对该书内容再次进行细致修改和补充,真诚地将联合制取纯碱与氯化铵的新工艺奉献给读者。全书近80万字,分上、下两册,更名为《制碱工学》,于1959年在北京出版。科学没有国界,成果兼善天下。看着柜子里发黄的《制碱工学》,想到全世界人民因为他"侯氏碱法"新工艺的公开而受益,想到用自己和同志们一起发明的"碳化法氮肥生产新流程"技术陆续推广的化肥工厂,已经在祖国遍地开花,福泽千秋,泽被天下,脸上不觉露出了笑意。

柜子里还摆设了诸多奖状、奖牌和奖章,他轻轻瞥了一眼,似乎早已忘却。

如果说还有什么愧疚的话,那就是自己生前没有为福建的家乡人民办一个碱厂,彼时父老乡亲用碱都还很困难啊!

月华渐隐,晨曦将露,他再次望了望亦师亦友亦兄的范旭东和众多伙伴的相片,自言自语:"剑一人敌,不足学。学万人敌!"他想,如果再给他几年天寿,他一定要常常走进学校,走进课堂,倾尽毕生所学,为祖国培养更多的后备力量,让祖国的科技人才如闪耀的满天星星!

他缓缓升腾,带着遗憾和欣慰慢慢隐入星空,充满留恋和期望的目光,深情回望故居,遥如一颗闪闪的星……

"撒下一些碱粉,溶化西方的坚冰;书写一本碱书,将中国推上顶峰;奠下一块基石,托起复兴的希望……"迎着朝阳,一群小学生人手一本侯爷爷写的科普读物《酸和碱》,在侯德榜故居的杧果树下高声朗诵,主题是《酸碱两翼,福泽千秋——纪念侯德榜先生诞辰133周年》。高亢的声音回荡在大厅里,回荡在闽江上,回荡在祖国的上空……

福聚"聚宝盆"

● 少木森

俗话说,灵山秀水当有庙。福州上下杭的三通桥与星安桥之间,就坐落着一座张真君殿,亦称张圣君庙,是省级非物质文化遗产张圣君信俗文化的核心祠庙之一。它坐北向南,临水而建,殿前就是古河道渡口,左右有星安、三通两桥拱卫,绿水盈盈从那座桥下流过来,濯洗出殿门前一片清凉,又从另一座桥下流去,留下来的还是清凉。不过,由于此处正是达道河与三捷河交汇之处,传说古时候涨大潮时,水可不是这样依序流去,而是两股交汇的河水迎头挤到了一起,形成两头挤涨之势,素有"两头涨水"奇观。于是,民间与之相关的诸多传说故事也独特而新奇。

传说之一,有一年夏季福州多雨,上下杭地区连着几个傍晚下暴雨,暴雨过后,残阳如血,狂风骤起,水声啸来,涨起了大潮,达道河与三捷河的水在张真君殿前交汇处,形成相互"挤涨"之势,活生生地把河水推涌一两尺高,真真切切形成了"聚水不退"的奇观。聚水者,民间视为聚财的吉庆福祥之象,如此两河之间聚水不退,便被传为"聚宝盆"的吉象。由于如此奇观连着数日出现,观者甚众,传说便一再发酵,影响极其深远。于是,许多商业人士被吸引而来,视此为生意福地,云集这儿做生意、集商帮、设商会。他们抱着"不尽财源滚滚随潮而来"的心愿,都想在张真君殿前亲睹"聚宝盆"涨水奇观。后来,这些商会商帮更把张圣君奉为祖师爷,奉为财神爷,奉为他们经商做生意的保护神,称之为"商神"或"商业神",张圣君于是从"农业神"又成为"商业神",并随闽商的足迹走向外面世界,在海内外颇有影响。

为了贴近这个商业神,更好地祈请商业神的福佑,商人们甚至把福州商会、金融公会和商事研究所的会址设在张真君祖殿内,以此为中心,再辐射到上下杭其他地区,分别成立各商业同业公会的分支机构。张真君祖殿实质上就曾经是闽界各商帮、各行业的生意人之间议行情论价钱、互通商业情报的信息中心……有人就说,张圣君如此的福佑,闽商不走红都难!难怪闽商走向哪里,多数能够把生意做得红火,把事业做得风生水起。

传说之二,那是民国时期的某一年,福州大旱,民众苦不堪言,各行各业生意凋零。闽商们云集张真君殿烧香叩拜,祈请张公圣君应百姓之求向苍天祈雨。当时,主事的人用"竹贝"问卜,一阴一阳,意为张公圣君应允了,便把张公像抬出去,一路锣鼓喧天,虔诚祈雨。祈雨队伍到了小桥头,便见天色开始变暗;到了大桥头,满天生起乌云;到了龙潭角,便下起倾盆大雨。久旱遇甘霖,百姓欢腾起来,狂喜地将原本带来遮阳的伞和斗笠,纷纷抛下,整个龙潭角和中亭街,满街是伞和斗笠,以及信众们欢呼声和祈祷声。而伞和斗笠翻转过来也可以装东西,也是装财聚财的吉象,是又一种"聚宝盆"啊!于是,这龙潭角,这中亭街,自然就成了一店难求的商业区,生意旺盛持续了多少年,如今仍是传统的商业区。

现今研究福州商业史,特别是研究上下杭地区的商业史,也都会一并研究张真君祖殿的历史沿革、故事传说,以及这历史与传说所形成的"聚宝盆"效应;也一并研究张圣君这"商业保护神"的历史文化价值。可以说,张真君祖殿的"神像文化"与上下杭地区的商贸文化密切结合,福佑了福州南台地区历史上商业的兴盛与繁荣。于此,我们不难发现,不管是古代还是现代,闽商们拜谒张圣君,在张公圣像前祈愿与祝福,那一份恭敬,那一份虔诚,其实质就是一种对张圣君文化的崇奉与景仰。闽商们有这种崇奉与景仰,就会自觉地用这个文化来濡育与砥砺自己,提升综合文化素养,这才算是张圣君文化对闽商们的真正福佑吧。

说到福佑,自然要说到中国福文化,它源远流长,渗透于中国各门

上下杭三通桥。陈暖 摄

各类文化中,而且形成了许多老百姓喜闻乐见的福文化形式,比如,贴福、祈福、摸福、赐福,等等。张圣君文化也不例外,它也闪现着福文化的光芒。

首先说贴福。张圣君生前几十年传奇人生中,一个极具个性的细节,就是他能够用鼻子吸着毛笔写字或用脚趾夹笔写字,无论他是手书,还是鼻书或脚书,他写过许多祝福祈福条幅、对联或画门神桃符与迎春牌儿……这"迎春牌儿"又称"福字春牌",后来成为张圣君信俗文化的重要组成部分。在当时的台江,做生意的人特别多,这些人家就是要请一幅张圣君的"福字春牌",要先洒扫门间,去尘秽,净庭户,而后贴这春牌,给自己增添福气福运。

其次,说说祈福。张圣君信俗文化寄托着风调雨顺、五谷丰登、生意兴隆的愿望。张圣君一生护农匡耕,成为中国最大的农业神,传到福州台江并由此再传到沿海,他又成为保商护财的商业神,对他的敬奉体现了老百姓祈求富裕富足的愿望。在台江,张圣君文化里"祈福",主要祈求生意兴隆、和气生财、家人安康、合家幸福……

再次,说说摸福。中国人追求福、向往福,一种摸"福"风俗应运而生,比如摸一块写有五种字体"福"字的石头,以期"五福临门",摸一块临海巨石,以期"福如东海"等。国内一些风景区有"摸福求福"景点景物,或刻着福字,或并没有刻福字,都说摸一摸能得福运福气。在"张圣君文化"中,像摸仙桃石、摸石牛石、摸出米石等以获幸运幸福的"摸福"风俗一直在各地流行着,台江如今开发旅游业,应该更好挖掘张圣君文化中福文化的底蕴,开发一些"摸福项目",进一步弘扬福文化。

不知从什么时代起,福建流行着这样一句移民俗语:"第一好过番,第二好过台湾。"如此移民意识,使得福建在海外的侨民特别多,在台湾的居民也多。数据显示,福建移民是台湾居民的主体,台湾有80%的人祖籍福建。闽人的足迹所至,则闽文化影响所至,闽台之间的各类文化都有着深深的海峡情缘,信俗文化也不例外。相传,台湾宜兰县晋安宫的法主公(张圣君)就是由开拓苏澳的安溪先民带去的,其祖庙在安溪县城厢碧灵宫。后来,也有福州人把张圣君信俗带到台湾,台湾多处有了从台江的"张真君祖殿"分香而去的祠庙。每当张公法主的诞辰祭日,台湾各地纷纷举行盛大的迎神会。

  由于张圣君信仰文化在台湾的影响力不断增加,改革开放以后,特别1994年后,每年都吸引了数以万计信众跨越海峡前来祖庙朝拜,至今已有台湾各地百来个宫庙、一百多批次组团前来进香朝拜。2009年以来,"张圣君金身巡安台湾",分别到达台湾具有区域代表性的张圣君宫庙:宜兰、台南、彰化、新竹……每次"巡安"活动都加深了张圣君文化的海峡情缘,在台湾引起强烈反响。共同的张圣君信仰,已经使台江张真君祖殿和永泰方壶岩张圣君母殿、闽清金沙张圣君祖殿一道,成为连接两岸同胞亲情的重要纽带,海峡两岸情缘深深,福泽广布,祥和万方!

台江码头的变迁

● 江枝铃

微风徐徐，华灯闪闪。我漫步在解放大桥上，放眼闽江两岸，只见高楼林立映江面，霓虹异彩照鄰波。

走进闽江之心的茉莉大街，这是历史上台江码头的区域。我家住在瀛洲河畔，离码头比较近，因此经常到这一带观赏江边风景。台江码头曾经被福州人称为"金外滩"，虽然这里不如上海滩寸土寸金、繁华优雅，但自有虾油味的商贾云集与市井风情。它站在时代的潮头，见证了台江的沧海桑田。

台江码头的第一第二码头最靠近解放大桥，上游水流下来经过桥墩阻挡后会形成回流旋涡，这种平缓的水势很容易成为鱼儿的聚集地，所以钓鱼爱好者会在这片区域垂钓。特别在夏天，到江边既可钓鱼也可乘凉。我父亲是钓鱼迷。为了能到江中钓鱼，他与几位邻居一起凑了150元，从龙潭角牵回一条小舢板。我母亲因为此事有些不悦，毕竟当时家里并不宽裕，但这气很快就消了，因为有小舢板之后钓鱼收获明显增多，有时可以解决两三天的桌上荤菜，这样就节省了母亲的当家成本。

我从小受父亲的影响，也经常在第一、第二码头一带垂钓兼纳凉，平时常钓的是鲫鱼、鲤鱼和小白刀，洪水时上游会冲下来鲢鱼、黄甲鱼和河虾，最不景气时还可以钓"满蟹"和"螃蜞"。收获虽然不多却也乐在其中,陪伴我度过童年时光。而这个兴趣如今也延续下来,估计我退休后还会重返码头,重拾旧趣。

第三、第四码头则牵系着我的轮船情。我伯伯是市交通局所属客运公司的客轮机修师傅,20世纪七八十年代往上游去闽清、永泰,走下游到马尾、连江都是坐客轮出行方便。伯伯会隔三差五带点连江海鲜或闽清山货给奶奶品尝,因为奶奶常住我家,所以我也沾了光。希望伯伯常来既是奶奶的心愿也是我的期盼。

第三、第四码头多是停靠客轮,记得当年春游秋游去马尾罗星塔和连江青芝寺都是坐这客轮去的。偶尔会恰好乘上伯伯所在的船,每到这时我的书包里会增添两三块蛋糕,游玩的兴致会更浓,路途就更开心了,因为除了看山踏水,还会收获同学们羡慕的目光。

可惜伯伯在快退休时意外离世,那时我还小,不怎么懂事,与伯伯没有更多的交流,但我从伯伯赠送的蛋糕里品出了一份浓浓的亲情,回味至今。

第五、第六码头是我和妻子的牵手处。我们俩认识于台江区图书馆,她在那里工作,我被她的气质吸引,便成了图书馆的常客,两个人顺理成章交往起来。下班送女朋友回家是那个年代的恋爱铺垫,她家就在第五、第六码头的交界处。记得当时的第五、第六码头主要作为货轮的卸货点,车船繁忙,有铁皮船也有木制船,货物以食品居多,日用品次之,再有就是建筑材料了。接驳的车辆多是小货车和木板车,人力搬运工来来往往地忙碌着,好一派商贸繁荣的景象。

下班路上,我们有时会去街边小吃店吃锅边油条,然后再到码头兜风看江景,听江水拍岸,观江舟灯火。一年多的压马路,原先是石条的江滨路变成了柏油路,码头提升成了江滨公园,民房改建为元洪大厦,我们俩也从牵手走进了婚姻殿堂。

台江码头更是农副产品的集散地。20世纪80年代初,码头堤坝内的许多居民把一楼住屋租给生意人摆摊设点,自己家人挤到二楼,或再搭建阁楼。由点到线再形成面后,就逐渐演变为农贸市场。由于水上交通便利,农贸市场渐渐从零售为主变为批发为主,附近原居民搬走了一大半,把房子出租作为仓库或店面。到80年代中期走向鼎盛,五区八

闽江之心夜景。陈暖 摄

县甚至省内的生意人都到台江码头农贸市场进货,而市场的价格变动也成为农副产品价格的晴雨表,备受关注。

　　台江电影院到台江百货这段对应的是第一、第二、第三码头,堤坝内也形成日用品销售一条街,以晚上摆摊为主,时称"北仔街"。于是台江码头堤坝内外形成进货出仓、前店后库、上家下店的繁荣景象。直到80年代末筹建了室内台江农贸市场(建海新村一楼和架空层),才将台江码头农副产品市场和江滨路(北仔街)日用品市场都搬迁到室内,室外市场逐渐弱化,90年代元洪城拆迁时基本消失了。

台江码头的变迁既见证了台江区商贸的发展历史,也留下了我童年、青年乃至成年的心路记忆。多年来,我闲暇时还会经常到码头走走停停,听闻潮声,驻足观钓,追寻船影,凝望碧波。感受着码头的呼吸、台江的脉搏。如今,台江码头已成为"闽江之心"的亮点,与青年广场相连接,华丽转身,焕发异彩。可谓:思旧繁华落尽,抚今璀璨夺目!

江滨札记

● 亦舟

有江河流过的城市是有福的,我深以为然。

福州因有穿城流淌的闽江,增添了灵动与活力;而江滨两岸因有花木锦簇、楼宇比邻的映衬,增添了亮丽与魅力。亲近山水是都市人的向往,更何况久居喧闹城区的我,对于闽江感情甚笃。

因为喜欢闽江的景色,我上班时常提早绕了远,漫步绿荫簇拥的江滨大道。

伫立江边,面对潺流不息的江水,由衷敬畏。闽江由自闽北、闽西北崇山峻岭的迤逦支流汇聚而成,流经福州后,最终汇入东海。这是一条情深义重的母亲河,挽山海,泽闽地,千秋伟绩,源远流长。

远眺闽江东侧的鼓山,青山如黛,烟雾缥缈。近看江水,晨光轻洒,微澜潋滟,像一块温润的翡翠闪烁着美丽的光泽。江风吹拂,江滨沿岸的高楼倒影在江水里摇曳,煞是好看。几只白鹭在江面上展翅飞翔,怡然自得。

春夏交际的闽江两岸,花木葱茏,斑斓多彩。楼宇前的花坛、道路边的绿化带、江边的公园、岸堤的草丛……一簇簇、一枝枝、一朵朵,俏生生地闪动着缤纷亮丽的色彩。晨曦下,花蕾挂着晶莹的露珠徐徐绽放,似新月初展,清纯而娇羞。引来早起的蜂蝶翩跹起舞,让晨练的人们目光驻留。

行走江滨栈道,不时被一阵沁人心脾的香气吸引。循香走近丛林,几棵缀满花苞的四季桂花映入眼帘,橙红色或金色的花瓣,像细小繁星点缀在枝丫上,散发着淡淡的清香。

都说"八月桂花香",这或许是北方的情景。实际上,桂花耐寒喜温,福州属亚热性气候,桂花开得较晚,每年十月开花,花期也长,尤其是四季桂的花期可延续到暮春初夏。桂树下,我琢磨着唐代诗人宋之问诗句中"桂子月中落,天香云外飘"的幽远意境。人们喜欢桂树的朴实素雅,喜欢桂花的怡人清香,月中的吴刚,何尝不也有这样的喜欢?寂寥的月宫中,吴刚潜心酿酒,终于酿出了芬芳馥郁的桂花酒,芬芳了天上宫阙,芬芳了人间大地。而四季桂花的盈盈清香,也给江滨增添了温馨。

江滨最惹眼的得数大叶榕了。粗壮的树根,盘虬在地下;繁盛的枝丫,高耸蓝天;树荫如盖,格外洒脱。突然一阵江风吹来,一片片金黄色的枯叶打着旋儿飘落下来,发出"窸窸窣窣"的碎响,像欢快舒缓的乐曲。这种自然写意的插曲,为原本万物蓬勃、绿意盎然的春夏时节,勾勒出一番秋天的写意。曾经以为四季分明,才是应有的状态。但是,福州常年气温偏暖,往往出现四季胶合的情况。大叶榕的叶子可以跨季生长、跨季枯败,枝叶的新生与枯萎可以同在一个季节进行。于是,出现了树上新绿茵茵,树下黄叶纷飞的美妙景象。

清晨,江滨大道上没有白天时车水马龙的热闹,只有缓缓行驶的园林维护车辆,喷洒着路边的花木。还有许多街道清洁工人,挥舞着扫把清除道路上的沙尘与落叶。闽江上清洁江面的小船缓缓前行,船上身穿橙色救生衣的工人,手里举着长长的网兜,不停地打捞着江面上的漂浮杂物。此时,我暗自赞叹:这是江滨最优美的晨景!

夜幕降临,华灯初上,街市渐渐隐去了白天的喧嚣,江滨沿岸灯光秀惊艳登场。

北岸金融街的摩天大楼外墙上,有福州代表性的三山两塔建筑物,以及油纸伞、牛角梳、寿山石等福州特产随着动画轮番上映,闪烁的荷叶红、茉莉花白、榕树绿等各色光影交汇穿梭,向人们生动展示着魅力福州。南岸的建筑物连接成一幅巨大的银幕,"有福之州""奋进福州"等字样跑马灯似的从眼前掠过,整个滨江步行街宛如一片光的海洋,优美的旋律与璀璨的灯光相互交织,流光溢彩。

自20世纪80年代初参加工作以来,我久居鼓楼区,见证了福州市区由北向南逐步拓展的历程,目睹着城市生态环境建设的日臻完善。

我生长于海边,似乎与江河湖海有着天然的亲缘,参加工作后,一直居住城里,仿佛时间的渡口在等着我走近闽江。因缘际会,前些年我的单位办公大楼,从屏山附近搬到闽江滨金融街,看到这里花木葱郁,街道干净漂亮,令我惊讶。犹记得二十年前,曾偶尔来到江滨三桥附近的水产品市场采购海鲜,这一带房屋破旧,街道脏乱。时光抹去许多沧桑的痕迹,江滨已然蜕变成亮丽的都市风景点,焕然一新,生机勃发!

福醉包山

闽江上凝固的诗篇

● 曾建梅

10分钟,这是步行通过解放大桥的时间;3分钟,骑行;1分钟,驾车。住在烟台山十几年,每天以各种方式由桥的这头到桥的那头,来回何止千百趟,便捷、快速,匆忙通过之余从来没有注意过脚下这座桥,仿佛闽江上自古以来就有这么一座桥横在那里。但稍微想一想,任何事物的诞生,从无到有,必然有一个漫长的过程,从人类历史的宏观角度去看,一座桥、一条路、一个人,都是细小的碎片与微尘,但如果从他们自身出发,细细探寻,又能够窥见一个宏大如史诗的发展历程。

从无到有

这座桥的诞生,我们必须记住两个人的名字:连江琅岐人王祖道以及万寿寺头陀王法助。

一千多年前的两个人,史书为他们的建桥伟业留下了些许痕迹。

原来的闽江江面比今天要宽一倍。仓前过中洲岛、中亭街一直到沙合桥的位置都曾是闽江水域。中亭街原来是一座沙洲,名为"楞严洲"。

江上无桥,闽江南北两岸只能靠坐船通行。

宋元祐八年(1093年),福州知州、连江琅岐人王祖道立志建桥。他召集工匠们商议,计划以楞严洲为中心,南北各造浮桥一座。北桥江面宽154米,用船20条,南桥江面宽约785米,用船100条,以粗大的藤缆牢牢系于江中所立的18根石柱之上;船上以木板铺设成桥面,宽3米有余,两旁设栏杆。考虑到江中行船,在浮桥中心还留了两个活动门,有舟船通过时门打开,平时则关闭,连接成桥。

当时浮桥首尾建有三座亭,仓前山岸边建"济川亭";楞严洲位于江中,建"中亭",潮水退却,中亭附近演变成街市,即今"中亭街";小桥头建泗洲亭,来往的旅客可以在此歇脚。

到宋崇宁二年(1103年),在楞严洲与仓前山之间又出现一个沙洲,即今天中洲岛,江面由此被分隔为三条水道,于是浮桥也相应改建为北、中、南三座。北桥(今小桥桥位)用船16条,中桥(今解放大桥)用船73条,南桥(今江南桥位)用桥13条,从仓前到小桥头,整座浮桥由百余条船相连而成,浩浩荡荡。

宋代著名诗人陆游首次到福州任职时,作《渡浮桥至南台》,"九轨徐行怒涛上,千船横系大江心"。"九轨徐行""千帆横系"貌似夸张了一些,但想象一下,绵延一公里的浮桥由挤挤挨挨的100多条船只相连,其场面也颇震撼。

知州王祖道在建浮桥之初曾置田产一顷七十二亩,以田租收入作为修桥经费,由万寿寺头陀负责管理。但闽江水急风大,浮桥为木结构,经不起风吹浪打,时常出现损坏,修桥的经费入不敷出。百余年之后,王法助出任万寿寺头陀时,立志将浮桥改建为石桥。

王法助命弟子吴道可北上,向当时的朝廷请奏,募款修桥,得到铁穆耳可汗(成宗)的首肯。不到一年,就募得数百万贯的经费,于是在闽省官员的协助下,开始了浩大的建桥工程。自元大德七年(1303年)开始,元至治二年(1322年),前后历时20年,石桥乃建成。

大桥竣工时,头陀王法助已过世,终年89岁。

从古到今

万寿寺头陀王法助在一家一家募款的时候,他心中是否能想到一千年以后的闽江上会长出一个什么样的繁华都市?

作为福州地标性的景观,解放大桥不仅是地理意义上的桥梁,更是时间的桥梁,连接着这个城市的历史与现在,过去与未来。

在大桥建成的一千多年里,闽江冲刷之下,大桥还历经了无数次的毁灭与重建。

清乾隆年间,江南桥被水冲毁,旋即也改建为全石桥。但改建后仍有两次被水冲坏,好在不十分严重,即行修复。1930年万寿桥和江南桥都改建为公路桥,用钢筋混凝土。

抗日战争期间,万寿桥数次受到日本飞机的轰炸,有一孔被毁,桥基受震沉陷严重,又经几次特大洪水冲击,桥墩倾倒,桥面也出现下沉和断裂。抗战胜利后又加以修复。

1949年以后,为了纪念解放军冲过此桥,追击南逃国民党军队,南北相接的万寿桥和江南桥被统一称为"解放大桥"。

1970年加高4米,桥面加宽2米,并跨中洲岛建陆桥,连接原来的万寿桥和江南桥。1995年因水流冲击,旧万寿桥桥墩崩离原位,即行停用改建,彻底整治。改建后的解放大桥用钢筋混凝土浇砌桥墩和桥面,同时用现代技术在桥两侧设置四组钢管弧形空中吊桥。这一设计不光在力学上分担桥身负荷,在美学上也是一种创新,如同给解放大桥装上了振翅的蝶翼。

我们今天短短几句话就概括完了一座桥上千年间建设与损毁,再修补,再加固,再冲毁,再重建的过程。多么轻而易举啊!只有真正地抚摸过古老的桥墩、那粗粝厚重的石面,那用尽全身力气也无法撼动的沉重,才能感受到当初建桥者是动用了何等的伟力让闽江翻腾的浪花上凭空架起一座坚固的桥梁。

今天在大桥头、青年广场入口处的显要位置,交叠摆放着两根解放大桥重建时保留的元朝时期闽江万寿桥的石梁,它们分别长9.2米,宽0.9米,高1米,重达21.5吨。两根由整石切割的石柱如同纪念碑一般伫立在人潮汹涌处,向来往于青年广场的游客展示着古代工匠们的慧智慧——在没有现代化机械的协助下,仅凭着一种原始的伟力,是如何将这重达二十几吨的石梁搬动的?某种程度上,这是属于福州闽江上的长城与金字塔,昭示了古代闽人的卓越智慧。

桥上风景

冰心曾在《故乡的风采》一文中,真挚地赞美过她在解放大桥上所见到的福州劳动妇女的形象:"我在从闽江桥上坐轿子进城的途中,向外看时惊喜地发现满街上来来往往的尽是些健美的农妇!她们皮肤白皙,乌黑的头发上插着上左右三条刀刃般雪亮的银簪子,穿着青色的衣裤,赤着脚,袖口和裤腿都挽了起来,肩上挑的是菜筐、水桶以及各种各色可以用肩膀挑起来的东西,健步如飞,充分挥洒出解放了的妇女的气派!"

随着时光的流转、时代的变迁,福州传统女性这种特有的头饰和古老的装扮都成为那个时代特有的记忆。取而代之的是充满了青春与时尚的新时代景象。在闽江之心成为热门景点的当下,随处见到衣着靓丽的年轻人,手捧鲜花对着手机镜头顾盼生姿。随着烟台山风貌区和青年广场、闽江之心的盛装亮相,无数的时尚达人、网络流量明星以及热爱生活的年轻人汇聚到这里,成为桥上流动的风景。

如果说青年广场、上下杭、烟台山,共同组成了闽江之心,解放大桥就是"心"中的动脉,是一个城市得以流动的最早也最重要的支撑。在她之后,越来越多的桥梁与道路开始铺设、延伸,让一座城市血脉流动,生生不息。

站在桥上东望,高耸的鼓山与北峰像城市屏障一般近在眼前,山与桥相映,高低错落,重重墨影倒映在闽江中,和水波一起荡漾开去;而常常在傍晚时分,一轮火红落日由东向西,挂在倒放的竖琴一般的三县洲大桥上,整个天边都是绚烂的烟霞,过路的人都纷纷停下来,掏出手机拍照。

俯瞰闽江面上的大桥,一座接一座,如梯如虹。在众多各式各样的桥梁当中,解放大桥两侧桥栏的曲线最为绮丽温柔,像小孩子用水彩涂出的一条波浪线,又像是雨后出现的多重彩虹。尤其是夜色中的解放大桥,桥栏上五彩的灯带亮起来,与之相接的中洲岛欧式建筑群灯火也亮起来,流光溢彩地横亘在水波荡漾的闽江之上,远望像海上仙境。

越来越多的游人会排队到台江码头的邮轮上体验一次闽江夜游。

从江上看两岸的景致又不一样,北岸金融街楼群充满了科技含量的灯光秀,南岸江南地区最为古老雄伟的天主教堂,还有流光溢彩的中洲岛西式建筑群形成视觉的交响。当汽笛声声的邮轮从解放大桥下穿过时,请一定抬头好好看看这座桥,这座横亘在中国"莱茵河上"的美丽的桥梁——这座和时间一起不断重建不断生长的古老又年轻的解放大桥,看看闽江上千年的桥梁进化史——然后你还会穿过闽江上更多的桥:鼓山大桥、鳌峰大桥、闽江大桥、尤溪洲大桥、金山大桥……

所有这些桥都比解放大桥更加宽阔,更加雄伟,更加年轻,但最有风情最有故事,最值得停下来凝视与眺望的,一定还是这座古老的解放大桥——闽江上凝固的诗篇。

一方福地是南台

● 黄玉钦

闽江第一大岛屿南台岛是一个江心洲。居南台十余载,我去过许多景点,兴之所至,每有题咏。南台岛绿洲秀水,赢得八方珠履纷至沓来,驻足流连。

整个南台岛就是福州的仓山区,地处福州城区南部,四面临江,境内闽江、乌龙江环岛宛转。美丽的江畔港湾鱼珍草丰,广阔的沙滩湿地众鸟栖翔,草木葱茏。岛中港汊如银练串环,湖塘似玉珠镶嵌,江上碧流如练。

我对南台岛的深深热爱,缘于它不俗的历史和多彩的文化。这是一片神奇的土地,高盖擎云、乌龙湿地、林浦霞光、烟台怀古、洪湾拢翠、淮安览胜、阳岐名坊、帝封绿洲,荟萃了南台岛独特的人文现象和特殊的自然景观。

位于南台岛中部的高盖山为全岛最高点,海拔202.6米。登顶高盖山,江天一色,无穷胜景。高盖山公园遍植茂林修竹,有清池流水,更有玉兰飘香、橘园挂红,生态氧吧沁人心脾,是当之无愧的养生福地。

乌龙江湿地像一枚闪光的徽章,别在南台的胸襟上。在这里游目骋怀,白浪涌起,沙鸥翔集,让人尽情领略"君看一叶舟,出没风波里"的诗情画意。

林浦是一座历史悠久、人文底蕴深厚的水乡,也是皇脉古村、进士摇篮。它位于南台岛东南部,村外一弯月牙似的濂江,与闽江联络如环,环中一岛即闽江会展岛——浦下洲。林浦历史风貌区文化底蕴深厚,千年积淀的名村落有30多处名胜古迹,濂江书院记载着林氏宗亲"七科八进士、三代五尚书"的荣耀。

行走烟台山公园,目之所见、足之所履,是成片的洋房,特色的街巷,郁郁葱葱的古树名木。这里曾经海关、洋行、教会、医院、学堂、别墅林立,见证了福州城开埠之历史。江心岛、西洋教堂等自然人文景观及陈靖姑信俗、陈文龙信仰等非物质文化遗产,令人意往神驰。

绿韵万千的金山公园,湖光醉美,荷色生香。一座座拱桥,在流花溪畔熠熠生辉,一湾三轴,回廊曲径,"风景这边独好"。

漫步洪塘历史街区,各式古玩和福州传统工艺品琳琅满目。这里是闽剧的发源地,儒林班中,管弦不断,上演着国泰民安、祈福纳祥、阖家团圆,褒扬着积德行善、祛病消灾的"福"文化。

阳岐严复故里自古即是著名水乡,如今集爱国教育、历史风情、休闲古村等多种风格于一体。玉屏山庄、严复纪念馆、尚书祖庙、全面绿化升级的严复公园以及治理一新的阳岐河,水清、岸绿、河畅、景美,重现水乡风韵。

侨乡名胜螺洲古镇,有诸多历史陈迹历史遗迹。"螺洲"之名,源自东晋永和间(345-356年),居民谢端娶螺女而得此名的传说,洲边至今还存有一块"螺仙胜迹"石碑,还有"螺仙道"渡口名称,映衬着这美丽的传说。螺洲是鱼米之乡,农渔丰饶,工商成市,因盛产柑橘,又有"橘洲"之称。

螺渚是帝师之乡,人才济济,代有名贤。洲上名胜古迹不少,除螺女遗迹外,闻名的还有陈氏五楼。以及古来就有的平波澄练、远屿堆蓝、螺渚春烟、龙津夜月、秋江渔唱、雪屋书檠、春潮带雨、野渡横舟等"螺江八景"。沿江还有天后宫、螺女庙、灵山寺等,令人目不暇接。

福地清风生百媚,满眼风光走南台。福在其中,乐在其中。

烟台山的蓝花楹

● 林曦

走过了春天
蓝花楹摇曳着身姿款款而来
云烟铺陈
烟台山的底色

微雨滋润的诗意
宁静而忧郁
在期待婉约的心事
麦园小路的红砖老屋
仓前九里的青石小径
包裹不住的青春律动

晚阳的微风拂过
乐群路上放学的时光
福高的校服似跳跃的蓝花楹
幻成一片灿烂的铃铛蓝紫
微雨点缀了一地的花朵
我看到游人在树下
将花朵排成了一个心形
循着仓前山、观音井到可园
那一径芳菲
是等烟雨的青花
千家玉作林
是翡冷翠的透亮

蓝花楹。陈暧 摄

在螺洲古镇（外一首）

● 王建干

那个清晨，无须告别
趁着乌龙江水奔流
我侃侃而谈
古街还在，拍照过的大树还在

沾染了岁月的光，流向那里
我在螺洲总想感谢谁
记得龙舟竞渡，记得龙眼的香甜
古宅旧屋、石板路铺满回忆

我想在这里种一棵榕树
与帝师之乡的石碑站在一起
向吴石故居致敬
上苍赐予忠诚者以勇气
赐予圣贤传承文明
终于，我的笑声在风中凌乱
诉说古镇的威仪
问候这一片古老的土地
乌龙江的波浪近在咫尺
我的双眸与五虎山对视
岁月如诗，我在寻找真相
雄关漫道真如铁
螺洲古镇在历史的风烟中被征用
道尽圣贤的教诲和英雄的气质

在梁厝

我在时光的隧道里
邀约熟悉的田野
寻找小时候奔跑的脚印
在基石处翻阅迭代的刻痕
与几处古厝对视
排柳抖落一缕缕波光
吹动池塘上飘来的浮萍
在水中微笑

我讨得一杯茉莉花茶
在竹篷下,孤单,发呆
联想在花香中跳跃
想古厝门后的风景
猜度主人品茗论道
灯下与线装书相认

天地空旷,我的思想饿了
搜集词语填满情绪
我略去诗意,留下远方
宗祠和诫碑守护了本分
梁厝,不是我的梁厝
桃林,柳岸,游鸭,池塘
还有狗的欢叫
梁厝,让我的心回到家乡

浙商"安澜"

姚俊忠

最近火了的不仅是福州的气温,还有烟台山脚下的"安澜会馆"。与狮子合影、上戏台摆拍、坐青石休憩,烟台山下多了一个中式网红打卡点。

安澜会馆,背靠苍翠挺拔的烟台山,面临烟波浩渺的闽江。烟台山上上下下,满是西洋建筑,安澜会馆这座中式建筑,就像一颗古朴的明珠,群星拱月般镶嵌其中,熠熠生辉。

安澜会馆于1773年开始筹建,1775年8月正式动工,1778年6月落成。由慈溪人水声远、海宁人冯琅函等,集资建造。浙江钱塘人费淳(乾隆二十八年进士,官至兵部尚书、工部尚书等,拜体仁阁大学士)撰写的《安澜会馆印记》中记载:"董其事者慈溪水声远、海宁冯琅函,而慈溪黄巨源、堇邑沈登山与有力焉。"《安澜会馆印记》由慈溪人盛本,将文字写在石碑上。

两百多年的风风雨雨,安澜会馆饱经沧桑。新中国成立后,安澜会馆改作他用,20世纪80年代末,成为"仓山区文化馆",2009年被评定为省级文物保护单位。浙江商会会长董加余先生上下班都要经过安澜会馆,他萌生了将安澜会馆恢复为浙江商会的想法。经过努力,2020年5月,福州人民政府同意了浙江商会的请求,将安澜会馆打造成闽浙商业文化交流平台。

但是新的问题出现了,《安澜会馆印记》碑不知何时,从馆内消失了。消失之后，去了何地？没有人知道。缺了《安澜会馆印记》碑，将是安澜会馆一大遗憾。董加余从史料上得知有这块石碑，而且这块石碑可能在于山上，于是前往寻找。功夫不负有心人，一年之后，在外游荡多年的石碑，终于回到了安澜会馆。2021年，安澜会馆的修缮工作拉开帷幕。历时两年，安澜会馆修葺一新，恢复了原貌。

安澜会馆建在烟台山下，原占地面积约2400平方米，坐南朝北，建筑两进。一进正殿祭祀妈祖，单层挑高15米，为福州之最。

殿前为天井及戏台，两侧为双层廊房。二进双层木构，面阔九间，进深两间，为议事之所。馆内建筑群与烟台山地势相结合，依次抬高，作到总体布局上依形就势。跨进会馆，头顶上就是一座八米见方的戏台。过戏台穿天井，踏上7级台阶，就来到正殿。正殿后面东西两侧，是对称的台阶，呈八字形。直上台阶21级，再东西两侧向中轴线汇拢17级台阶，来到长24米，宽3米的平台，再拾3级台阶，就到了二进小楼。整个会馆建筑群，巧妙地利用自然地形、地貌，与烟台山融合成一体。

安澜会馆的内外空间交汇地带，是最吸引人的地方。戏台与正殿之间是天井，两侧是长廊。天井将三部分连接起来，在虚与实、明与暗、人工与自然之间相互转移。正殿到后院的两层二进小楼，由八字形阶梯过渡，空间沿着山形依次展开。所谓"危楼跨水、高阁依云"，使山光水色更富有生气和魅力。

安澜会馆的单体建筑各具特色。戏台、门厅升起小歇山，四周檐角高高上翘，曲线轻巧优美；大殿为重檐歇山式，高峻庄重；后殿为单檐硬山式，庄严大气；四面的屋顶为内落水形式，有"财不外流"之意。

安澜会馆的建筑之美，在于注重建筑构件的精雕细琢。最精彩的石雕，应数大殿前檐两对青石龙柱与凤柱。龙柱通身雕刻有一条缠柱云龙、五只蝙蝠；凤柱雕刻有两只凤凰相向而飞，还有鸳鸯、喜鹊、孔雀、梅、兰、竹、菊等等。石础也是造型各异，方的圆的，六角的，上面的雕刻装饰质朴生动。精美的砖雕，内容有人物、动物、花草等。精细的木构件，斗拱承托，榫卯连接，雕刻有花卉、法器、文玩等。

安澜会馆的建筑之美还展现在古朴的传统色彩。用大片粉墙为基调，配以黑灰色的小瓦。内部也多用淡褐色或木材本色，衬以白墙，以及水磨砖所制的灰色门框,显得素净明快。

  安澜会馆门前有两尊石狮子,与其他建筑门前的石狮子却不大相同,不仔细观察,看不出其中的奥妙。

  一般的雄狮子,前爪压着一石球,显示出雄性的威武霸气。母狮子背着爬着或前爪压着一只顽皮的小狮子,凸显狮子的可爱。安澜会馆门前的雄狮子则是伸出前爪,托着一颗石球,显示出浙江商人出门求财的内敛。狮子肚子底下不像其他狮子是空心的,而是实心的,警示着浙江商人们,做生意要实实在在。母狮则抱着小狮子,展现在外经商的游子,渴望母亲的关怀。浙江商人把经商之道融入了门前的一对狮子之中。

  浙江商人从木桶、编箩筐、补鞋打铁等小生意做起,开始了在八闽大地的经商奋斗。他们从手工业者、小作坊主、推销员,逐渐成长为企业家、金融家、慈善家。浙江商人在经商成功之余,不忘助力福建发展……

  "安澜",有风平浪静,海不扬波之意,是对在闽浙商平安往返,生意兴旺的祈愿。

福在仓山

● 林丽娜

从龙潭角的古渡口出发
探寻陈靖姑祈雨的足迹

从时光深处的螺洲古镇
聆听田螺姑娘的民间故事

从人杰地灵的林浦古村
领略"三代五尚书,七科八进士"的风采

从花田静美的梁厝老宅
走近朱熹潜心讲学的身影

从烟台山的万国建筑博物馆
读懂叶圣陶笔下的诗意

从三江口的飞速崛起
看城市发展梦栖滨海

家在仓山,福在仓山
小时候,福是一首童谣
唱遍古老的大街小巷
长大后,福是一种乡愁
唤醒游子心底的牵挂

福在浓浓的墨香里
福在悠悠的岁月中
福在钟灵毓秀的南台岛
福在我们呼吸的天地间

洪塘漫步

● 赖华

洪塘数百年的历史沉淀在洪塘老街。

洪塘老街外高楼大厦、车水马龙,街巷里低矮连片的柴栏厝,门扉紧闭,墙体因年久而发黑;街巷转角的红砖围墙、高大的白玉兰树、硕大的龙眼树遮天蔽日;外墙用青石条垒砌而成的福州市洪塘大粮仓,挂着"福州市历史建筑"的牌子。街巷里的时间似被暂停在20世纪七八十年代,少有繁忙景象。然而,曾经的洪塘是南北货物集散重镇,人文兴盛,充满张力和血性,"一状元、三尚书、五十七举人进士",明嘉靖至万历年间,更有着"科科不断洪"的传说。"洪塘三杰"抗倭名将张经、状元翁正春、闽剧始祖之一曹学佺更是洪塘人心怀天下,忠贞爱国的杰出代表。

闽江遇南台岛一分为二,南乌龙江、北闽江(又称白龙江),而后在马尾罗星塔下合而为一,流向东海。洪塘在南台岛北端,地处福州城西郊,古时连接福州城区与闽西北、闽中、闽江下游沿海县区的交通要地。乌龙江洪塘段,地势平坦,短短不足千米的江岸有三个渡口码头。洪塘成了闽江上下游货物集散镇,尤以清末民初最为昌盛,其上境、下境、半洲境、状元境,四境三条石板街上布满南北京果店、酒肆、茶楼、米行、布店、糕饼店、金银铺、药店、典当行、酱油厂……各行各业在此落脚。

在状元街偶遇两位吃早点的洪塘老人,与他们闲聊。说起洪塘古街曾经的繁荣,他们眉飞色舞。他们口中的洪塘是"黄塘",说打小起这街上都是商铺。他们随手一指街对面的房子说:"那曾经是供销社,卖虾油、酱油等日用品。""原先街巷极小,石板路面,仅一米多宽,猫可跃至街对面的屋顶。""因为街小,马车都不让进来。同时不让进街巷的,还有清晨挑着蚬子进城售卖的村民。"

旧时洪塘村民主要以捞蚬子为生,最多时有两三百人。凌晨到闽江边的流沙里淘蚬子,清晨挑到福州城里售卖。因为捞蚬子的人太多,人声、脚步声、狗吠声、扁担挑蚬子发出的吱吱呀呀声,扰了街上住家的清梦。挑蚬子的人们只好绕道江边村过洪山桥进福州城。闽江洪塘段流沙为黄色,沙里的蚬子极好,色泽淡黄,俗称"黄金蚬",煮汤、爆炒极为鲜美,至今深受人们的喜爱。正宗福州柴火鼎边糊的汤底,一定得是闽江黄蚬熬制而成。早出晚归捞蚬人的辛酸,洪塘村民如此形容:"洪塘子,不识爹。"

洪塘"翠竹"牌篦梳曾闻名海内外,村民家家户户曾以制梳为业,甚至用"篦梳山"来命名一座晾晒篦梳的山。洪塘篦梳厂在状元街48号,砖木结构,一条生锈的铁链锁住杂草丛生的院子。荒芜已久的模样,难以找到始创于明朝景泰年间的洪塘篦梳远销非洲、东南亚的盛况,据说至1981年,年产量达142万支。篦梳是古时妇女梳发必需品,以麻竹为原料,经21道工序制作而成。两位老人回忆起偷吃篦梳山上晾晒的番薯米,相视而笑。

老人家指着状元街20号房子边上一条极狭窄的巷子说,那才是最早的、真正的洪塘老街,曾经直通金山寺码头。我踏进古老窄仄的巷子,一米多宽,一两百米长。一堵水泥围墙堵住老巷出口,放眼望去,围墙外高楼林立。巷子里遇着的几乎是操着外地口音的居民。围墙边上有两租户,一位八九十岁瘦小的老奶奶站在院子里看着我。玫红色的方格子棉布长袖衬衫,红白黑相间的条纹宽腿长裤,黑布鞋,脖子上吊着一把用白色挂绳拴着的铜钥匙,老奶奶虽是一身市井老人的装扮,但短而稀少的灰白头发一丝不苟地梳向后脑勺,摇着大蒲扇。她豁着没牙的嘴笑着与我搭讪,告诉我,她来自四川广安,儿子在福州从事电焊工作,一家老小也都被接来福州生活。我竖起耳朵听她挟带着浓重口音的诉说,微笑着回应她,感受着她满脸的皱褶里流淌出浓浓的幸福与满足。围墙内外,一边住高楼出入有小车,一边是小平房,谁更能感受到幸福？也许，只有经历过苦难的人，才能对平安顺遂的生活充满感恩。

我穿梭在半洲街、状元街、下境古街老巷里，踩着斑驳的水泥路，试图从它们沧桑的模样里寻找曾经的繁华：开钱庄卖南北京果的"泰丰行"、"瑞丰"米行、"永乐"燕皮店、"新华楼"金银店、"万安堂"中药铺、"新隆"典当店、"同隆"酱蜞厂、"旺记"糕饼店、"元春"酒库。据说曾经有一百多家商铺从洪塘古街沿着石板路两旁铺排至金山寺渡口，以金山寺码头最为繁华热闹。

清代黄任这样形容洪塘："古屋洪塘老树边，塔湖春尽水连天。"

我想，彼时若在春深微雨的清晨，晨光微曦，趿一双木屐踢踏着穿过洪塘古街泛着青光的石板路。房前屋后的龙眼树、白玉兰、荔枝树，郁郁葱葱，数不清的鸟儿在树丛间嬉闹；鼎边糊店、馒头包子铺，早已热气腾腾、香飘四溢；赶早从对岸闽侯搭船进城的乡人、商贩、书生、脚夫，步履匆匆；各家商铺的店小二打着哈欠，推开咿咿呀呀的木门。若是夏季，小巷的空气中萦绕着淡淡的花香，茉莉花的香气是主调。闽侯上街一带广种茉莉，盛夏是茉莉花开时节，花农清晨下地采摘带露的花苞，下午送至福州城内工业路的香料厂，或制作香料、香精，或窨制茉莉花茶。每天正午过后，花农们成群结队地运送茉莉花从洪塘老街穿过，茉莉花的清香也一路撒在老街的深巷里，终日不散。留在夏季深巷的记忆里，除了花香，还有虾油味。"同隆"酱蜞厂常年酿制虾油，小巷终年飘荡着虾油的腥香，夏季则更为浓郁。

洪塘物华丰茂，人才辈出，最为知名的是张经、翁正春、曹学佺。他们亦是洪塘血性男儿的代表。抗倭名将张经，字廷彝，号张半洲，生于明孝宗弘治五年（1492年），明正德十二年（1517年）进士。嘉靖三十三年（1554年），累官至七省经略，专办讨伐倭寇。张经因不愿向严嵩的义子、兵部侍郎赵文华行贿，被赵文华伙同浙江按察使胡宗宪上疏弹劾"养寇靡财""百姓十分怨恨"等罪名。嘉靖三十四年（1555年）五月十六日张经被捕。被捕后担心朝廷无法找到能替代他的抗倭将领，向朝廷推荐年轻的军官戚继光。同年十月二十九日，张经含冤被斩于京城，时年64岁。为了纪念抗倭英雄，洪塘乡亲将张经故居处更名为"半洲境"，并建张经祠堂。

在抗倭名将张经诞辰一百年之时,洪塘出了一位不畏强权、敢于揭奸扶良的状元。翁正春,明万历礼部尚书、三朝名臣。四十岁之时,皇帝钦赐状元,封为翰林修撰,可谓大器晚成。作为万历皇帝的"日讲官",担心皇帝荒嬉朝政,上疏"八箴":"清君心、遵祖制、振国纪、信臣下、重贤才、慎财用、惜民命、重边防。"《明史》给予他高度评价。位于状元街16号的翁正春故居,是翁正春出仕后荣归故里时修建的府邸,占地面积1127平方米,木质结构,悬山顶,四周砖墙,不少古砖上刻有"状元"字样。正厅的门楣上"福""禄""寿""囍"四个字分别用吉祥象征图案来表示,有着浓厚的传统文化特征。

初识曹学佺于民国版《永泰县志》。"山川志"开篇即用他的山水散文《永福山水记》作为山川总述。曹学佺,字能始,号石仓居士。万历二十二年(1594年)进士,任户部主事。因他"性格旷达、学识博雅,尤喜交游",后人评价"闽中文风颇盛自学佺倡之"。闽中文人谢肇淛、徐𤊹、徐惟起、陈鸣鹤等人皆是他的座上客。然而,为罢官张位送行被贬,被调任南京"大理寺左寺正"闲职。金陵六朝古都,昆曲盛行,任职七年期间,曹学佺结交了许多曲坛名流,如屠隆、臧晋叔、吴兆、同乡陈一元等一起听曲赏曲、谈词度曲。

在洪塘新城南区中有"曹学佺闽剧展示馆"。走进展示馆,浓厚的闽剧气息扑面而来,墙上挂着生、旦脸谱,贴着《紫钗记》《荔枝换绛桃》《贻顺哥烛蒂》等经典闽剧剧照;橱窗里展示着美艳的剧服,武生的刀、棍、长枪及特色乐器二胡、唢呐、琵琶等。闽剧使用福州方言,道白清晰,唱腔婉转优美。状元街的理发铺老师傅郭金浩爱人方梅春,为我用福州方言唱洪塘民谣:"月光光,照池塘,骑竹马,过洪塘。洪塘水深不得渡,娘子撑船来接郎,问郎长,问郎短,问郎此去何时返?"声调说不出的温婉细腻。

郭金浩夫妇皆是"曹学佺闽剧文艺宣传队"成员。郭老先生在后台担纲主胡,方阿姨台上演青衣。郭老先生说闽剧常用梅胡伴奏,但是梅胡的音调偏高,现在剧团的演员年纪都大了,起调太高,唱不了,二胡的音色更低沉婉转,他现在大多使用二胡伴奏。他们于20世纪70年代加入林祥钟团长组织的洪塘"儒林班"闽剧团,当时团里大多是20来岁的年轻姑娘、小伙。理发铺墙上的那张剧团集体照,即是"儒林班"演闽剧《百鹤寨》时的合影。方阿姨说当年她在台上演《百鹤寨》里的青衣,青衣圆润哀婉、柔美凄切的唱腔令台下的阿姨们哭红了双眼。他们夫妻俩现所在的剧团目前有十六七个人,不过都是六七十岁的老人。后继乏人。

这让我想起《闽剧史话》的记载,万历三十一年(1603年)中秋夜,福州推官阮自华组织的乌石山戏曲盛会,剧作家屠隆、曹学佺等等"词客七十余人"云集凌霄台上谈词论曲。围观的闽剧爱好者应该也是里三层外三层的吧。曹家班第一次在乌石山上登台亮相,弹唱曹学佺自编的福州曲《荔枝红》,其声"悠然凄凉"。曹学佺用几十年时间研究出融合昆曲、徽调、海盐腔等诸腔精华的新曲调,后来成为闽剧的主要腔调之一 "儒林逗腔"。但愿不要就此凋零。

隆武二年,唐王朱聿键于汀州被俘,明亡,清军攻陷福州。曹学佺心灰意冷之时,选择悬梁自缢,以身殉国。死前留下绝命联:"生前单管笔,死后一条绳。"自此,石仓园"近易数主,诸迹皆芜没"。

"福建省福州府西门大街,青石板路笔直的伸展出去,直通西门。"金庸在《笑傲江湖》里描写的福威镖局门前的青石板路,据洪塘老辈人回忆,它一路向西,经凤凰池、上祭酒岭、过洪山桥,接南台岛的洪塘村,直至闽江分叉口处淮安村,延绵20余公里。

江湖其实不远,遍布足迹的地方即是江湖。

阳岐散记

● 魏冶

到阳岐的那天,恰是三伏天的入伏,室外酷热难耐,暑气蒸腾。下车后,汗流浃背的我接过郑老师递来的茉莉花茶,清香醒神,暑气顿时消去大半。郑老师笑曰,这是阳岐自产的茉莉花茶,是福州茉莉花茶中的上品。

郑老师是地道的阳岐村人,他不是村委会主任,但他在村里的声望和影响却堪与之媲美。每到一处,都有村民和他打招呼,聊两句,有谈收成的、有诉烦恼的、有请帮忙的,他都一一答话,一一允诺。他不在文化部门工作,自己做茉莉花茶,搞乡村旅游,却心心念念地想将阳岐文化传播得更远,几乎成了主业。

我有点疑惑不解,不解于他对阳岐的自豪。他带我走了一会儿,我觉得这里虽然绿树相依、溪水相绕,清新明目,但也只是一个常见的村庄罢了。直到他将我带到一处大排档,穿过几棵龙眼树,眼前忽然变魔术般出现阔大雍容的乌龙江,烟波浩渺里,对面的五虎山雄奇瑰伟,江上渔船竞逐。我不由栏杆拍遍,赞叹:真是一个好地方!郑老师这时才在我面前徐徐展开阳岐村的地图——原来这个位于福州南台岛南岸的小小村庄,村内就坐拥两条小河:阳岐河与午河环绕交汇,垂柳轻舟,造出一幅典型的江南小镇样貌,更有宋代石桥横跨其上,点缀古意,如小家碧玉。村庄往南,景色忽然一转,下临的乌龙江段江面宽阔,波涛回转,渡江后可经方山,再赴莆田、广东等地,是唐代至北宋福州向南的主驿道,如声势雄壮大马金刀的豪杰。此段乌龙江水,又是海鱼可以回溯的上限,故江水内常有海洋生物,物态多样,又具一种江海融汇风格,恰似一个惯看天下烟波的行者。小小村庄,却同时具有溪、江、海三种风姿,"三水九山缀五村"的称赞,所言非虚。就在这乌龙江边,江海之风吹来,一扫暑气,泖上一壶茉莉花茶,郑老师给我讲起了阳岐村的掌故。

阳岐被评为福建省级历史文化名村,成为福文化的重要地标,和两位历史人物息息相关。一位是陈文龙,一位是严复。

陈文龙是莆田人,他生前有没到过阳岐难以考证,阳岐却为他赢得了许多身后名。他文武双全,既是宋朝末年的状元,又是和岳飞齐名的忠勇武将。抵抗元军入闽时,遭属下开门降敌,陈文龙与家人被俘,被押至杭州。据传,陈文龙死前曾脱下外衣,咬指血书"效死勿去",血衣被风吹入江海,漂浮至阳岐江滨,乡人拾得血衣,感佩不已,奉陈文龙为水神,建庙供奉,称水部尚书。水部尚书庙在今天的福州沿着水边,所在多有。但第一座陈文龙庙,在阳岐,故称"尚书祖庙"。陈文龙信仰由此四处播散,尚书庙还分香到台湾马祖岛,连古琉球国人也信奉陈文龙。

晚生六百年的严复则是地地道道的阳岐人,阳岐现在还保留着较为完整的严复故居。严复从小听着陈文龙的故事长大,陈文龙的爱国气节,对严复成为以思想推动中国救亡图存的翻译家、教育家,有着重要影响。严复开眼看世界的长远目光,背后所隐藏的,正是阳岐波涛壮阔的江海气质。关于严复的故事太多太有名,在此不再赘述。这位大思想家晚年回到故乡,见到尚书祖庙在岁月摧残之下已经破旧,便主持修复工程。今日雄伟的祖庙门墙便是严复主持修缮,门上有严复手书"尚书祖庙"匾额,两侧对联也是严复亲自撰写。一个一生致力于西学的人,如此尊崇中国传统文化,不由得引人深思。历经六百年的隔空对话,既是阳岐福文化的延绵不绝、遥相呼应,也是两位杰出历史人物的惺惺相惜。

阳岐物产丰美,显然受到三水合流、海陆交汇、八方商贾聚集的影响。这里不仅海陆物产俱全,且多有稀罕物,是别处难以觅得。譬如流蜞,这模样如蠕虫,令人初见大惊失色之物,乃是闽江口的名贵特产,因营养丰富被称为"江中的冬虫夏草",非在出海口咸淡水交流处不能生长。本地渔民摸准它的习性,往往在每年农历八九月的涨潮之时,以漏斗状的密网张网以待,收获一大盆活蹦乱跳、体态丰腴的流蜞,招待贵客。又如三江鱼丸,这是别处吃不到的阳岐小吃。顾名思义,此物是用溪鱼、江鱼、海鱼的肉混合捶打,荟成一锅鲜,三水的波涛,沿岸的风景,都一并纳入口中。

除了水里的珍鲜,阳岐的陆产也不遑多让。清新淡雅的茉莉花茶自然是一绝,阳岐的沙洲上还遍植着福橘,收获季节一到,满林福橘黄澄澄红艳艳,如霞似火。此地的福橘保持原态,橘中多籽,寓意多子多福。上世纪50年代,还以此地的风土人情为素材,拍摄了一部电影《闽江橘子红》,成为一代人的珍贵记忆。

在村中四处漫步,可见橘园之下,设立了钓场,许多人慕名而来,在此举行垂钓比赛。有村中半大小孩,裸着上身,抱着一只四五斤重的鱼,半身水半身泥,呵呵直乐。村中人家多在庭院中种植龙眼树,满目金黄。今年是收获大年,龙眼果子尚幼,已经一挂累一挂使枝头下坠,等到成熟时,非要累累垂地才罢。人在画中游时,郑老师自豪地向我介绍,阳岐村主动拥抱和接入福州地铁、高速等交通圈,交通越来越便利,游客也日益增多。现在村里在着力打造旅游业态,建设特色民宿,进一步打造成独具特色的福州滨江山水古村落。看着他信心十足的规划,我不由想到,在空心村现象愈演愈烈的现在,却有像阳岐这样的村子,一波又一波的乡贤愿意回归故里,致力乡村建设。阳岐何以成为福地?经验是否可以复制?值得深思。

回程的路上,车过大桥,我又一次看到壮阔的乌龙江,波涛汹涌下,我仿佛看到在郑老师的描述中,成群结队的海鱼,正竞相逆流而上,洄游到这山海交汇、三水汇聚之处,造成许许多多的奇特景观。鱼儿比人更知道哪里有神奇的山水。

福地阳岐,令人怀想。

闽都女神陈靖姑

● 林丽钦

"闾山坠在龙潭角,三千年一度开法门。"这句长久以来流传的福州歌谣,被王铁藩收录在《福州民歌地名释》中。

闾山是道教传说中的瑰丽意象,明代神怪小说《海游记》中的闾山是大江大海中的一座神秘仙山,闾山周围舟楫断绝,环绕着凶险莫测的沉毛江。但在《闽都别记》里,闾山经过本土化的微妙改造已经变成沉在福州龙潭角水底的神山。

龙潭角位于仓山区上渡与仓前之间,是曾经的古渡口,本名"龙潭窟",因有白龙盘踞而得名,水深漩急,吞舟没楫时有发生。传说闾山沉在闽江龙潭角之下,远离尘寰,只有法门大开才能有缘得见。《闽都别记》记载:"法门在于都市,来学法者接踵,许真人非诚不纳,非缘不收。"千年以来,仅唐末陈靖姑学法时曾开法门一次。

陈靖姑又被尊为陈夫人、临水夫人、顺懿夫人等,被视为"扶胎救产,保赤佑童"的女神。光绪年间,文人郭柏苍在笔记《竹间十日话》中提及闽地女神众多,但能享受国朝祀典的仅天上圣母妈祖与临水夫人陈靖姑二人。

而在成为女神之前,陈靖姑确乎是有迹可考的凡人。

陈靖姑自幼聪慧颖悟,3岁能念经咒,7岁攻读《易经》《四书》,15岁那年为逃婚出走,得神人指点走进南台岛龙潭角入闾山法门,拜许真君为师学习道教法术。许真君算出女弟子日后有产难之厄,欲授之扶胎救产之术,但陈靖姑认定自己一生不嫁,执意不学。许真君知道天命难违,特意交代陈靖姑24岁那年不可擅动法器。18岁,陈靖姑遵从父母意愿嫁给古田县教谕刘勋之子刘杞为妻,婚后婚姻圆满,丈夫出任罗源县巡检司,她与丈夫二人并力破解十二桩重案。

24岁那年,福州遇特大旱灾,禾苗焦枯,滴雨未落。陈靖姑不顾自己身怀六甲,施法将孕胎脱于家中,自己则到龙潭角浮席江中施法祈雨。不久天降大雨,旱情顿消。而长坑鬼和白蛇精却乘隙潜入陈靖姑家中,毁坏陈靖姑脱下的孕胎,再赶去龙潭角欲将浮席弄沉。许真君施法将草鞋化为四只鸭姆,将草席四角托住。长坑鬼和白蛇精落荒而逃。电闪雷鸣中陈靖姑将白蛇斩为三段,但自己也因为孕胎被毁遭产厄而亡。陈靖姑死时许下普度众生的宏愿,立誓要救人产难,护产保婴。传说她死后,灵魂回闾山苦学救产保胎和护佑妇女儿童之法。学成之后,修得无边法力,遇有人寰之苦,她总是以有求必应之姿,慈悲施救。

降福人间的好雨却是陈靖姑自己的灾劫。这个千百年来口口相传的故事被无数人复述、演绎。故事里没有徒劳无益的哭泣,也没有灰浊绝望的抱怨,只有不断精进的法力与舍己为人的慈悲。陈靖姑虽然遭难离世,但人们为她戴上女神的冠冕。因感念恩德,立"顺懿夫人"庙以奉祀之。

每逢农历正月十五"奶娘诞"之日,妇女们纷至娘奶庙,虔诚地燃香祈福,祈求家宅平安。而那些尚未怀孕的已婚妇女,则会恳切"请花",诚心祈求婴儿降临。位于仓山的塔亭祖殿,建于唐贞元八年(792年),至今已有1231年历史。北宋时期,被赐予"顺懿元君庙"的尊号,俗称"临水娘奶庙"。如今,塔亭祖殿以明末清初的建筑风格修建,祖殿内珍藏有两块唐五代石碑,一块刻有"育麟",另一块则刻着"诞凤","育麟"象征生育男孩,而"诞凤"则表示生育女孩。

而在陈靖姑故居,对陈靖姑个人的感恩仪式也从未断绝。

仓山区临江街道工农路76号,是陈靖姑故居所在地。史料记载,唐大历二年(767年)正月十五寅时,陈靖姑在此处诞生。现今所存的故居经过2016年的修缮,占地面积近500平方米,建筑面积230平方米。故居内有牌坊、山门、拜亭、正殿和龙泉古井等。其中,龙泉古井为唐朝遗迹,古井口宽2.8米,垂直深度近10米,井水甘洌,挹之不绝。传陈靖姑自幼饮用此水。古井为溶洞式水井,底部藏有巨大涵洞,可容数张八仙桌,据说井道直通闽江龙潭角祈雨处。

每年农历正月,各地顺天圣母宫庙纷纷护送自家圣母前往仓山下渡陈靖姑故居省亲进香。描金细画、穗花悬挂的神轿先下池"闾山大法院",向顺天圣母的师父许天师行礼拜谒,而后再回到娘家拜见父母双亲。每年各个宫庙、村落的回娘家队伍在锣鼓喧天中蜿蜒连蜷于街衢巷弄,彩花珠灯、琉璃火盏,好不热闹。前有威武的仪仗开道,伴以舞龙、舞狮、十番、肩头戏、太平鼓等独具福州特色的精彩表演。所至之处歌舞缤纷,声如鼎沸。

陈靖姑信仰在福建民间深入人心,一千多年未曾中断,并播及闽东、浙南、港澳、台湾以及日本、东南亚,宛如一株根深叶茂的大树,不断生长出新的枝叶。据统计,分布在世界各地的临水宫分宫分庙有4000余座,信众已逾亿人。在东南亚国家和地区中,陈靖姑信仰影响最大的当数台湾。据不完全统计,台湾现有专祀临水夫人的宫庙达400多座,陪祀的有3000多座。

2002年12月,由闽台各界人士共同出资五百万元,在龙潭角对面的山上建起一座向江而立的陈靖姑祈雨处大殿,松径桂丛,开门见山。从龙潭角车站旁的山脚往上,翠绿中隐约露出大殿的绛红。经龙珠亭进入法门,迎面一座高达八米的陈靖姑祈雨法像呈现在眼前,法像矗立在放生池中,手持祈雨法器,端凝肃穆,法相庄严。法像旁有一座繁花夹道、鸟鸣嘤嘤的百花桥,上面站着百花桥夫人邹铁鸾与金盆送子高元帅。据传,世上所有人都是由陈靖姑从百花桥接引至尘世间,欲生育男孩的家庭,会在百花桥上祈请一朵白花,而欲生育女孩的家庭,则祈请一朵红花,这被称为"乞花"。穿过石狮龙柱,推开中国传统的雕花门,便是庄严肃穆的祈雨大殿,中间供奉临水夫人陈靖姑、林九娘、李三娘三姐妹,边上是观世音菩萨、法主许真君、杨太保、王太保,还有张真人、刘真人、五花邓元帅、百花高元帅,丹霞大圣、江夫人虎婆奶、白鸡奶几位神仙。殿旁是仿造的微渺神话中的闾山。站在宏伟的大殿之外,远眺银带般细长的闽江,在阳光映照下波光粼粼,宁静蔚蓝。江心公园散落着点点细碎的绿意。

如今,许多崇拜陈靖姑的纪念和祭祀活动,已演绎为民俗文化的重要组成部分。"求香火""请花""请奶过关""迎神""演戏"等仪式相沿成习。每年正月十五,已婚妇女纷纷前往临水庙,祈求"早生贵子";希望怀胎的妇女要入庙"请花";怀孕后要请临水夫人保胎;分娩时得去请一香炉回家;婴儿顺产,要把香炉送回宫庙;儿童得痘疮和麻疹等难症也求女神发痘收毒,化逆病为顺症;取奶娘香炉的香灰制成红布香火袋,小孩随身佩戴以辟邪去灾。孩子未满16岁以前,每一步都希望得到临水夫人的小心庇护。

"请奶过关"是最为人们熟知的护佑儿童的仪式。正月十五临水夫人诞辰,各地百姓都要通过科仪祈禳和虔诚供养,请求临水夫人保佑儿童顺利通过人生关口。《福州地方志》记载:"以竹支架,用纸糊作城门形,由道士穿娘奶法衣,口吹号角,引护小孩过关,意为如此小孩便易成长,直至十六岁为止。"台湾安平镇"请奶过关"的活动也十分热闹。"若临水夫人诞,凡家有子女年幼均到庙叩祝。是日,进香者拥挤不堪,庙前法师登场作法,抬儿童过关,索谢赀一百文"。

得到陈靖姑护佑的方式还有"认契子"仪式。婴幼儿元气尚未充实,脆弱难养,民间习俗认为认圣母作"谊奶"或"契母",可使孩子百病远离、邪灵不侵,得以健康成长。因此,人们选择黄道吉日,准备一份包括米饭在内的供品,前往顺天圣母故居进行供奉,进行"过关"的认契仪式。回家后,将带回的米饭喂给孩子食用。吃了"奶娘"的饭,就代表孩子与圣母建立了亲密的母子缘,正式成为圣母的"谊子",由此获得奶娘更直接的庇佑与保护。

借由这些仪式,女神陈靖姑又重回尘寰,与人间烟火混而为一。千年以来,无数虔诚的信众在临水宫里深深跪拜,然后没入市尘变成模糊的身影。但他们质朴的祈祷里包含着同样古老而真诚的期许:祛邪抑恶、扶正扬善、共谋福祉……

烟台山的悠闲时光

● 王惠钦

偷得浮生半日闲,我悠闲漫步在通往烟台山的道路上。

"一座花园,一条路,一丛花,一所房屋,一个车夫,都有诗意。尤其可爱的是晚阳淡淡的时候,礼拜堂里送出一声钟音,绿荫下走过几个张着花纸伞的女郎……"这是叶圣陶在1923年为烟台山所留下的文字描述。休闲,恬淡,寥寥几许文字,勾画出烟台山与快节奏的工业时代相脱节的慢时光。

烟台山海拔虽不高,但却南望五虎,北眺三山,不仅拥有"苍山烟霞、高丘低江"的苍翠美景,还以其独特的人文魅力傲然于世,吸引着游人的目光。观梅亭有些雅致,门被设计成圆拱门,窗户被隔成梅花的形状,勾勒细致,惟妙惟肖。诗书长廊由一个个亭子连接而成,古色古香的圆柱供游人走累了休憩。

"镇日寻芳不见春,芒鞋踏遍陇头云。归来偶遇梅花下,春在枝头已十分。"时下,观梅亭里未能得见梅花绽放枝头,但驻足观望之间,也能体会古人在春天里,留下的那些关于雅致和闲适的诗句。

卧琼桥斜架在假山之上,如一道彩虹卧波,短小、精巧。一旁的古榕垂下无数的大小气根,丝丝缕缕,随风摇曳。沿着石径拾级而上,一旁的巨型石刻吸引了我的目光。"且憩",楷书遒劲有力,背后就是回廊木椅,供游人们闲逛累了靠着休憩;"云梯",隶书端庄娴雅,映衬在坡高梯斜的楼台亭榭边,如入深山沟壑一般;"远峰",行书酣畅淋漓,在接近峰顶时登高远眺，身心舒展，心情舒畅……

烟台山的烟云早已散去，留下的是随处可见的古建筑。公园路上的福州外国语学校，前身是光绪四年创办的"广学书院""榕南两等小学堂"和"圣马可书院"，三校合并而成，称"三一学校"。百年的光阴如水般逝去，校园里依旧书声琅琅。

走在烟台山下的大街小巷，两旁绿树成荫，极适合一个人安静遐想。参天的古榕紧紧扎进路旁的石壁罅隙里，根系裸露在外面，沧桑中透着无穷的力量。两层楼的保罗·克洛代尔故居矗立在路旁，门外有一棵巨大的古榕抵在路口的拐弯处。保罗·克洛代尔是法国近代剧作家、诗人、外交家，时任法国驻福州领事，曾写下散文诗集《认识东方》，促进了中法文化交流，为近代法国文坛介绍中国文化的第一人。仓山区文管会将保罗·克洛代尔故居保留原貌，供游人观瞻。

再往前行，便是福建省基督教协会，两层楼的红砖房保持着过往的原貌，只是楼房的一层成了私人承包的咖啡店，人们游玩累了可进店休憩。清河庐、亦庐、爱庐、梦庐、可园、修庐，这些百年老洋房无一不是清一色的复古清新，让人浮想联翩，心旷神怡……

闽江落日　刘娟姗　摄

泰山宫感怀

● 谢新苗

福州林浦,如镜的濂水正安然流淌,倒映着一带古厝老榕,沉静得让人几乎想不起这里曾经有过冲碎历史的惊波骇浪,想不起任何淹没岁月的无情涛声。

尽管林浦林氏有"七科八进士、三朝五尚书"的荣耀,可到此观瞻的游客大多不是冲着这个明代望族来的。在群星闪耀的福州,多有勇立潮头、力挽狂澜的风云人物,所以它不算太亮眼。引人关注的,恰是那一带默然伫立的古厝。

古厝是以泰山宫为主的建筑群,宫庙坐南朝北,由门亭、将军殿、大殿、厢楼、戏台等组成。门亭建在高台上,两旁砌台阶,亭顶藻井华丽,饰有丹凤朝阳和双龙戏珠图案,隐约透着某种异于世俗的尊贵气象。大殿面阔三间,进深五柱,前设戏台,左右厢楼。泰山宫左侧为总管庙,右侧为天后宫,三座并列,占地1484平方米。就此规模而言,外地人若无提醒,绝不会将它跟某朝的末代行宫联系起来。

回望历史的背影,人们更愿意去回顾沉思。

林浦泰山宫原是宋帝行宫。南宋德祐二年(1276年),蒙军攻陷临安,恭帝被掳。陆秀夫、陈宜中、张世杰等大臣护从年仅9岁的益王赵昰、4岁的广王赵昺,并赵昰之母杨淑妃,辗转来到福州。赵昰被拥立为帝,改元景炎,史称宋端宗。驻跸之地就是这泰山宫,只不过早年名为"平山堂",是将村中临江山头削平而建的。林浦,这个名不见经传的小村因此有了让历史驻足的使命。

尽管臣民抗争御敌的忠勇精神可歌可泣,但人们心中大约已经了然,东南地陷之势再也无可挽回。否则如果还有条件偏安,那么平山堂大概会造得跟先前临安府宫殿一样轩敞宏丽吧?残存的遗迹已说明了一切。我们走在檐下阶前的微风里,甚至听不见小皇帝仓促离别前的最后一声叹息。当柔婉绮丽的歌词唱尽,南方土地上便只剩下"人生自古谁无死,留取丹心照汗青"的悲壮了。

南宋败亡后,林浦村民为避免元廷追查,将这座行宫改为社庙,内祀皇帝及文天祥、陆秀夫、张世杰、陈宜中等名臣,却冠以"泰山"两字以避讳,俗称"泰山宫"。书生纵有舍身报国之志、经天纬地之才,终究无法取代狄青、岳飞这样能拒敌于千里之外的武将。宫庙两侧尚留辕门,庙前有平埕,也不大,周围石栏,栏柱上刻的已是元代纪年。透过辕门举目而眺,不远处的九曲山是当年屯军之所。文天祥曾在此督师演兵,与群臣共图匡复。不知在最后关头,南宋末帝与臣僚们是否已沉痛地意识到,富而不强的国家不过是只随时待宰的肥羊?

倘若将汉唐比作太阳,宋朝就是一轮明月,豪壮不足,阴柔有余。北宋陈师道《后山诗话》曰:"尚书郎张先善著词,有云'云破月来花弄影''帘幕卷花影''堕轻絮无影',世称诵之,号张三影。"当年文化圈的风尚可见一斑。

意料之外的事往往在情理之中。再富庶的国家也经不起长期失血,于是,积贫积弱的状态渐渐形成,直至病入膏肓。回望两宋,几乎每一场失败悲剧的背后都隐含着一个不见天日的暗影——私心。篡权夺位的太祖开了个头,太宗继之,以后这就是王朝的宿命。以至于高宗赵构宁愿放弃追亡逐北、收复故土的大好局面,也不愿迎回父兄二帝。

先贤曰:"大道之行也,天下为公!"走近古迹,是为了揭开障目一叶,去清晰地审视历史。如今,当我们缓步于林浦的殿阁楼廊、榕荫阶径,当我们的手抚摸着宫庙前元朝栏柱上残缺漫漶的石刻,沉思无限,遐想联翩。

"福"慰乡愁

苏晨

一方水土，养育一方人。我是土生土长的城门人，小时候的我又黑又瘦，茉莉花就是我的整个童年。长大后，我在高楼林立的楼宇间穿行，再也看不到满山的茉莉花。我对茉莉花情有独钟，在自家的阳台上悄悄种上了盆栽，每当茉莉花盛开时，我就闻到童年的花香，隐约听到母亲的呼唤，那是世界上最熟悉的声音。转眼人到中年，福，在我心里是一种浓浓的乡愁。

今年夏天，我来到梁厝古村采访，炎热的酷暑没有阻挡我的热情，走进梁厝村的那一刻，映入眼帘的成片茉莉花让我激动万分，仿佛又回到了童年时代。随手采了几朵，捧在手心，像是捧住了欢乐的年华。这次采访，梁厝村管委会会长梁振兴接待了我。他曾是村里的老书记。村里的一砖一瓦，一草一木，都在老人家的记忆中。一路上，我们用最亲切的福州话交谈。

梁厝村历史悠久，早在隋唐以前，就有先民在这里繁衍生息，耕稼捕猎。梁厝村原名燕山村，因背靠燕山而得名。燕山因山形似燕而得名。这里白墙黛瓦，田园秀美，有着陶渊明笔下"采菊东篱下，悠然见南山"的怡然与惬意。

千年的岁月沉淀，梁厝村留下大量珍贵的文化遗址与人文景观。其中最有名的是千年古刹龙瑞寺。据梁会长介绍，龙瑞寺始建于唐天复元年（901年），比福州鼓山涌泉寺还要早7年。龙瑞寺中原有"千佛塔"，在1972年，福州市文物管理委员会将陶塔移至鼓山涌泉寺，如今已

梁厝。林双伟 摄

成为涌泉寺的宝物之一。

　　回到城门梁厝,又唤醒了我的乡愁。上小学时,暑假刚好赶上采茉莉花的季节,每天天刚亮,我就背上小箩筐,带上小草帽,上山采茉莉花。城门当时有很多茉莉花厂,家家户户都在采栽。到了初中,父亲办起了酿造酱油、虾油加工厂,我就在村里开了一家卖酱油、虾油的店。所有节假日我都守在店里,一边看书一边看店。因此,我的少年时代是闻着茉莉花香、吃着虾油长大的。小时候虽苦,我却觉得很幸福。当我们忙碌了一天回到家中时,父亲会切好西瓜递给我们,一家人围坐在一起,甜在嘴里,福在心间。

　　跟着梁会长的步伐,我们一同走进梁氏宗祠。这座宗祠始建于南宋隆兴元年(1163年),初为"梅涧书院"。进入宗祠大门,大堂正中间一面匾额上写着"贻燕堂"。据梁会长介绍这是朱熹题的。"贻燕堂"旁边还挂着三个"福"字。梁会长说这是清朝道光皇帝的亲笔御书。据记载,梁氏族人梁章钜担任清朝广西巡抚期间,与同为福州人的林则徐一起力主禁烟,政绩卓著,深受百姓拥戴,道光皇帝龙颜大悦,于道光十七年正月初五欣然亲题赐"福"字单字匾,赐给梁章钜作为对功臣的奖赏。三个"福"字,意指"多田多子多才多寿多福"。五千年的华夏文明,先祖们最爱的字是"福"字。一个"福"字,就是中国传统的文化历史。

梁会长还带我参观了文昌宫,文昌宫始建于宋代,当地人相传为肇基永盛南里的梁汝嘉和梁汝熹兄弟俩所建。历经数代重修,占地面积184平方米。进入宫内,天井石阶的丹樨上刻有"福""古迹"字样,为明代遗迹。日月更迭,我们依然能感受到先祖对后代子孙美好的祝福和期望。历史上,梁厝村及附近村落学子参加院试、乡试、会试和殿试之前,必至文昌宫祭拜,请文昌帝君保佑学子金榜题名。直到现在,梁厝文昌宫香火旺盛。

千年的历史赋予了梁厝人杰地灵的特质。梁厝村自古文风鼎胜,英才辈出。在梅涧书院旧址,我感受到浓厚的书香味。梅涧书院系宋隆兴元年(1163年)梁汝嘉分迁梁厝时所立。据《梁氏族谱》记载:南宋孝宗隆兴元年永盛梁氏五世祖梁汝嘉偕胞弟汝熹从永福(今永泰)石壁分迁永里凤山(今燕山、梁厝)初时所立。常与挚友南宋理学大儒朱熹讲学辩道于此。朱熹还曾于此亲书《贻燕堂》(后为梁氏堂号)匾额悬挂于堂中。元至治二年(公元1322年),梁厝十四世祖梁恩观奉旨返乡祭祖,把"梅涧书院"扩建为"梁氏宗祠"时,把原"梅涧书院"向后移往原书院后面(即梁厝宗祠背后)。改为南北朝向另立。从宋代到清代,梁厝村先后出了27位进士。清代晚期,还出现了一家四子科甲之盛事。历史上更是出现福州地区"无梁不开榜"的盛况。

随后,我们参观了梁厝桃园左东境、以及梁厝名人故居。其中有"二七"烈士梁甘甘故居、航空工程院士梁守槃故居、物理化学院士梁敬魁故居。走在古村小道上,推开一扇贴着"福"字的古厝大门,与历史近距离相望,"福田先祖种,心地后人耕"。正是先祖们勤劳兴家、艰苦创业为子孙后代"造福",才有了我们今天幸福的生活。

古厝悠悠,夕阳西下,饱经风霜的梁厝古村像一位长者坐落在三江口畔。宁静祥和中安享人间烟火、田间劳作的乐趣,仿佛岁月从未走远。

沧海桑田,城门已不是记忆中的模样,我小时候的家已经拆迁,村里的百年老榕树被保留下来。逢年过节,回到城门。和父亲走在村里,到曾经老宅的位置,他指着脚下的空地对我说:"还记得吗,这里就是我们的家。"城门,是我记忆中剪不断的乡愁,这里有父母的期待、有我成长的足迹。

福满校园

● 唐辉

当年,沿着落满梅花的梅坞
来到校园
记忆,从此
带着花香

如今,学校新修的大门
面向川流不息的闽江
站在烟台山的高处,百年老校——福高
逆流而上,述说着
教书育人滔滔不绝的过往
再顺流奔腾至大海,兼收并蓄
写满开阔与包容

我在校园里看来看去
美志楼、力礼堂
依然身体硬朗
两株老樟树哗哗作响
它记得起曾经的学生吗
教室里,老师播撒着知识的浪花
运动场上,那奔跑的身影
不相识,又似曾相识

我在校园里走来走去
找寻着一张多年前的记忆
福满
校园

图书在版编目(CIP)数据

有福之州　江海福韵：福文化征文优秀作品选/福州市文学艺术界联合会等编.—福州：海峡文艺出版社，2023.11

ISBN 978-7-5550-3534-3

Ⅰ.①有… Ⅱ.①福… Ⅲ.①中国文学－当代文学－作品综合集　Ⅳ.①I217.1

中国国家版本馆CIP数据核字(2023)第218900号

有福之州　江海福韵——福文化征文优秀作品选

福州市文学艺术界联合会
福　州　日　报　社　　　编
台江区文学艺术界联合会
仓山区文学艺术界联合会

出 版 人	林　滨
责任编辑	余明建
出版发行	海峡文艺出版社
经　　销	福建新华发行(集团)有限责任公司
社　　址	福州市东水路76号14层
发 行 部	0591－87536797
印　　刷	福州喜临门彩色印刷有限公司
厂　　址	福建省福州市仓山区建新北路151号
开　　本	787毫米×1092毫米　1/16
字　　数	190千字
印　　张	13.75
版　　次	2023年11月第1版
印　　次	2023年11月第1次印刷
书　　号	ISBN 978-7-5550-3534-3
定　　价	48.00元

如发现印装质量问题,请寄承印厂调换